MW01282082

STARFELL

Dalia Musgo y
el día perdido

STARFELL

Dalia Musgo y el día perdido

DOMINIQUE VALENTE

ILUSTRADO POR SARAH WARBURTON

Título original: Starfell. Willow Moss and the Lost Day
Editado por HarperCollins Ibérica, S.A., 2021
Núñez de Balboa, 56
28001 Madrid
harpercollinsiberica.com

Adaptación de cubierta: equipo HarperCollins Ibérica
Maquetación: Raquel Cañas

ISBN: 978-84-18279-14-0
Depósito legal: M-4780-2021

Para Catherine, que fue la primera en amarlo; para Helen,
por ayudar a cumplir un sueño y a Rui por haber confiado
siempre en que lo haría.

Casa de Víctor Aveces

Antiguo territorio de
los colbatos"

Montañas Nubosas

SUSURRIA

Río Bejuco

REINO de CAELIUS

oche

CIUDAD DE LA
COLINA TAIMADA

Casa Aveces

Aguasosa

RABANETA

BOSQUE OBSCURO

NIEBLRISA

LOS RETAMALES

Casa de Dalia

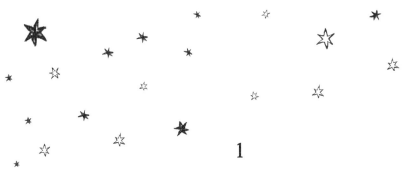

1

La chica que encontraba cosas perdidas

Muchos consideran que nacer con poderes mágicos es un sueño hecho realidad. Pero eso es porque dan por sentado que los poderes con los que se nace son emocionantes, como la capacidad de volar, de ser invisible o convertir a un pariente antipático en cerdo. Creen que la magia es un banquete en el que hay absolutamente de todo lo que se puede comer.

Sin embargo, en el mundo de Starfell, no todos los que tienen la suerte de contar con un as mágico en la manga le hincan el diente a los mejores bocados, como podría ser, por ejemplo, una tarta de tres chocolates. Algunos consiguen, con suerte, echarle el guante a esos palitos de zanahoria pochos que nadie quiere comerse. Este parecía ser el triste caso de Dalia, la benjamina y, por tanto, el miembro con menos poderes de la familia Musgo.

Dalia había recibido un don que muchos considerarían

más bien salido de una chatarrería que de un banquete mágico. Útil, pero no crepitante, burbujeante o explosivo. Su don ni siquiera crepitaba bajito, ni explotaba un poquito, aunque, si lo mirabas con ojillos entrecerrados, burbujear sí que burbujeaba ligeramente.

El poder de Dalia era encontrar cosas perdidas.

Como llaves, por ejemplo. O calcetines. Hacía poco había encontrado la dentadura de madera de Jeremías Corchea.

La verdad es que divertido no había sido: los dientes habían aterrizado en su palma extendida, cubiertos de una baba viscosa procedente de la boca de Cascarrabias, el viejo bullmastiff de la familia.

Cuando los Corchea le pagaron un denirio —que era la tarifa habitual desde que tenía seis años—, Dalia decidió que tenía que subir el precio. También se juró que, de aquel momento en adelante, llevaría siempre encima una red de pesca para guardar los repugnantes objetos que solía encontrar.

Así que, a pesar de que el suyo no era exactamente un talento de demasiado provecho, le servía para llevar comida a casa..., aunque la mayoría de los días solo fuera media rebanada de pan. Menos daba una piedra. Pero era poco si comparaba su don con el de Camelia, su hermana mediana. Hacía poco Camelia había conseguido levantar el arado, con burro incluido, de encima de Gastón Jensen, usando solo el poder de su mente.

Sí..., los poderes de Camelia eran un poco más llamativos.

Cuando a la edad de seis años el poder de Dalia afloró por fin, su padre le había explicado que en el mundo había diferentes tipos de personas.

—Todas son necesarias y todas son importantes. Pero algunas llaman más la atención que otras. Hay gente, como tu madre, que impone respeto en cuanto entra en cualquier sitio. (Lo de que oiga las voces de los muertos también ayuda un poco). A tus hermanas les pasa lo mismo. Y luego está la gente como tú y yo.

Y eso dolió. Un poquito, pero dolió.

Dalia era más bien tirando a bajita, tenía el pelo largo, moreno y lacio y ojos a juego con el cabello. Se parecía mucho a su padre, mientras que sus hermanas habían heredado el aspecto imponente de su madre: altas, con una melena negra y sedosa y ojos de un tono verde que

decían que se parecía al de las esmeraldas, aunque Dalia estaba bastante segura de que ningún miembro de la familia Musgo había visto nunca una esmeralda de cerca.

Cuando Dalia se quejó a la abuela Flora de que no se parecía a su madre y sus hermanas, tan espectaculares ellas, la abuela refunfuñó. No soportaba la vanidad. No podía permitírselo, y mucho menos teniendo el pelo verde. La abuela Flora había sido en su día una de las mejores fabricantes de pociones de todo Starfell, pero ahora casi todo el mundo la llamaba abuela Cencerro, porque la explosión de una de sus pociones en la sierra del Nones había tenido consecuencias cuando menos interesantes, una de las cuales era su peculiar color de pelo.

—Chitón, niña. Puede que no tengas los ojos «esmeralda» como ellas, pero eres igual de valiosa, sobre todo cuando se trata de ver cosas que a otros se les pasan por alto —dijo, con una sonrisa taimada, mientras escondía los frasquitos en los que guardaba las pociones que peor pinta tenían bajo un tablón suelto del desván de la casa cuya existencia, aparentemente, solo conocía Dalia.

La abuela Flora llevaba razón en que a Dalia se le daba bien ver cosas que a otros se les pasaban por alto. Con los años, lo había convertido en su talento particular. Como aquel día, por ejemplo, que estaba en su sitio de siempre en el jardincito de la cabaña, contemplando la fila de gente que serpenteaba siguiendo el murete de piedra. Todos venían a que Dalia les ayudara a encontrar cosas que no sabían dónde habían puesto.

—No consigo encontrarlos. He buscado por todas partes... —dijo Prudencia Bocina, al otro lado de la verja abierta.

—¿Has probado a mirarte la coronilla? —preguntó Dalia.

—¡Ay, madre! —dijo Prudencia, que se palpó la coronilla y encontró sus anteojos con montura de cristalitos brillantes—. Qué boba —se disculpó con una sonrisilla avergonzada antes de disponerse a dar media vuelta.

—Sería un denirio —dijo Jazmín, la hermana mayor de Dalia, quien acababa de salir de la cabaña y de presenciar la transacción.

—Pero si ni siquiera ha hecho magia... —protestó Prudencia, con los ojos desorbitados de pura sorpresa.

—Pero te ha encontrado las gafas, ¿no? Has conseguido lo que estabas buscando, con magia o sin ella, ¿no? No es culpa suya que estés cegata y no seas capaz ni de mirarte al espejo. —Jazmín era implacable, y bajo su mirada fulminante Prudencia capituló y entregó el denirio.

—Pues a mí me han dicho que las brujas no deberían cobrar —rezongó la flacucha Eleuteria Mostaza casi al final de la cola—. Se supone que no deberían sacar provecho

de sus poderes —dijo, santurrona y con los penetrantes ojillos brillantes.

Hay que aclarar que Eleuteria Mostaza era de esas personas a las que, aunque no lo reconocieran en público, les habría gustado que el rey hubiera concedido a su pueblo, Nieblrisa, estatus de vetado. Así se asegurarían de que gente como Dalia y su familia —gente con poderes mágicos, en definitiva— tuviera que irse a vivir a otro sitio.

—¿Y eso quién te lo ha dicho? —dijo Jazmín, asaltando a Eleuteria que, bajo el fruncido ceño de Jazmín, pareció encogerse—. Cuando el carpintero te hace un mueble, le pagas, ¿no? Mi hermana os presta un servicio, ¿así que por qué deberíais tratarla de distinta manera?

—Bueno, porque ella es distinta —susurró Eleuteria, y dos intensas manchas de color brotaron en sus mejillas.

A Jazmín se le hundieron las cejas.

—Bueno —dijo, haciendo hincapié en cada sílaba—, entonces igual deberías pagarle MÁS.

Un refunfuño generalizado se extendió por la cola.

El poder de Jazmín —aparte de sacarle el dinero a la gente—

era hacer explotar cosas. Así que refunfuñaron, pero bajito. Nadie quería enfadar a alguien capaz de hacerlos explotar.

Dalia suspiró. Pensaba subir el precio a un flerín y una manzana de los frutales de los Pradera, pero no le parecía que usar a su temible hermana para presionar a la gente fuera la mejor estrategia. A ella las manzanas de los Pradera tampoco es que le encantaran, aunque a Cansino, el caballo que los Jensen habían jubilado, sí. Todos los jueves, de camino hacia el mercado, pasaba junto al anciano animal. Los niños del pueblo lo habían apodado Cansino porque cada vez que echaba a trotar por el pasto, le brotaban del pecho jadeos asmáticos. Teniendo en cuenta que el pobre se molestaba en saludarla cada vez que la veía, a Dalia le gustaba darle las gracias con sus chucherías favoritas.

—Tu problema, Dalia —dijo Jazmín (a Dalia no se le había pasado por alto que no le había dado a ella el denirio)—, es que no le das a tus poderes el valor que tienen.

—¿Poderes? ¿Qué poderes? —se burló Camelia al salir de la cabaña, vestida de la cabeza a los pies con una túnica de una tela cara y brillante—. ¡Ah!, ¿a lo de ser un sabueso mágico, te refieres? —Rio con malicia. Ignorando las quejas de Dalia, le dijo a Jazmín—: ¿Lista?

Las dos hermanas iban a acompañar a su madre a la Feria Ambulante de Adivinación.

Dalia cerró los ojos y se concentró en respirar hondo. Cuando volvió a abrirlos, vio que sus hermanas bajaban ya por el sendero, con las capas y las melenas negras ondeando a su paso.

Se giró, resignada, para regresar a la cola, y entonces dio un brinco.

La cola se había volatilizado y en su lugar solo había una mujer. Era alta y espigada, además tenía el rostro, pálido y afilado, enmarcado por una melena negra y un par de cejas arqueadas. Llevaba una túnica larga y oscura, unas botas moradas con la puntera en pico y una expresión que hizo que Dalia enderezara la columna sin que a su mente se le ocurriera siquiera protestar.

La mujer enarcó una ceja y dijo:

—¿Buenos días?

—¿Bue-buenos días? —consiguió

articular Dalia en respuesta, aún sin saber quién era aquella señora.

Una diminuta parte de la mente de Dalia contuvo el aliento. Era el mismo pedacito que parecía estar escuchando a sus rodillas, las cuales habían empezado a temblar, como si ellas estuvieran al tanto de un secreto que su cabeza desconocía.

—Morgana Vana —se presentó la mujer en tono despreocupado, como si que de repente la bruja más temida de todo Starfell se te presentara delante fuera algo que ocurriera todos los días. Aunque, para ser justos, aquello probablemente fuera algo que Morgana Vana hiciera a diario.

—Ay, madre —dijo Dalia, cuyas temblorosas rodillas habían resultado tener razón.

A Morgana Vana se le curvó la boca en una sonrisa.

Años después, Dalia seguía sin saber cómo se las había apañado para mantener los pies pegados al suelo cuando un simple susurro podría haberla derribado.

Aun así, por mucho que hubiera fantaseado con conocer a la infame bruja Morgana Vana, jamás podría haber imaginado Dalia lo que pasaría a continuación.

—¿Te apetece una infusión? —sugirió Morgana.

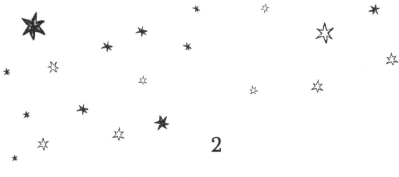

2

Una cuestión de tiempo

Dalia siguió a Morgana Vana hasta la cabaña, contemplando perpleja cómo la bruja encendía las brasas de la chimenea renegrida y llenaba de agua una vieja tetera abollada. Morgana se palpó la túnica, sacó un paquete de ella y asintió para sí al verter algo en la tetera.

—Un poco de malzamilla nos sentará bien —dijo, golpeándose la barbilla con un dedo. Como si acabara de acordarse de algo, ordenó—: Siéntate. —Y ofreció a Dalia una silla de la cocina de la propia Dalia.

Dalia se sentó muy despacito. A lo más profundo de sus entrañas se aferraba la vana esperanza de que aquello solo fuera un sueño. ¿Se habría equivocado la bruja de casa? Aun así, intentó no perder los modales y murmuró:

—Esto..., señora Vana. Si quiere, eso puedo hacerlo yo...

Morgana descartó la propuesta con un gesto de la mano.

—Da igual. Me acuerdo de dónde está todo.

A Dalia se le abrió la boca, de pura sorpresa.

—¿Se acuerda?

Morgana se encogió de hombros mientras sacaba dos tazas de una vieja alacena de madera.

—Ah, sí, hace mucho, claro, pero Lluvia y yo nos conocemos desde hace años.

—¿Conoce a mi madre?

Morgana depositó una descascarillada taza azul decorada con florecitas ante Dalia y se sentó frente a ella con su propia tacita de té.

—Desde que éramos pequeñas. ¿Nunca te lo ha dicho?

Dalia sacudió la cabeza con un poco más de vehemencia de la necesaria.

Dalia sabía, claro, que su madre —y suponía que Morgana Vana también— había sido pequeña, pero aquel era un concepto que su mente no terminaba de asimilar. Era como tratar de comprender por qué alguien dedicaría tiempo voluntariamente a coleccionar sellos. No pudo evitar fruncir el ceño con educación y asombro a partes iguales.

Morgana dijo, como si tal cosa:

—Supongo que fue hace mucho, mucho antes de que nacieras. Como la mayoría de los nuestros, me refiero a la gente con poderes mágicos, nuestras familias vivían en el barrio de Aguasosa. Tu madre era muy amiga de mi hermana, Molsa, ¿sabes? De niñas estaban siempre juntas: intentaban atrapar ermitaños con trampas para osos, tomaban el té con los muertos, bailaban desnudas a la luz de la luna…, pero las cosas cambiaron, porque las cosas siempre cambian, y muchos tuvimos que mudarnos… Así era más seguro, y ahora Molsa ya no está. —Morgana se aclaró la garganta—: Pero, bueno, eso da igual. Tómate la infusión.

—Um —consiguió responder Dalia mientras intentaba con todas sus fuerzas dejar de imaginarse a su madre bailando desnuda a la luz de la luna.

Dalia observó a la bruja, pero apartó los ojos inmediatamente. Los ojos de Morgana eran cuchillas. A Dalia se le secó la garganta al recordar alguno de los peores rumores que circulaban sobre aquella bruja. Aunque la verdad es que todos eran bastante malos. Decían que Morgana Vana podía convertirte en piedra con solo mirarte… Dalia miró la taza y pensó: «¿Qué hace aquí, preparándome una infusión?». Dio un sorbo. Estaba buena. Dulce y cargada, como a ella le gustaba. Y la taza era la suya…, una de las pocas cosas que poseía en aquella cabaña. Destacaba entre la caótica colección de tazas y platitos que combaban la alacena de la cocina de la familia Musgo.

Supuso que lo de adivinar qué taza pertenecía a quién era algo que podían hacer las brujas adultas. «En algún momento voy a tener que preguntarle a qué ha venido», pensó Dalia, asustada. Dio otro sorbo a la infusión para retrasar ese momento un poquito más.

«¿Igual Morgana ha venido a ver a mi madre?», se preguntó Dalia. Parecía la explicación más lógica.

Dalia apenas había bebido dos sorbos cuando Morgana hizo estallar todas sus esperanzas en mil pedazos. Miró a Dalia con unos ojos que eran como la tinta más negra y oscura y dijo en un tono bastante inquietante:

—Necesito que me ayudes.

Dalia parpadeó.

—¿Que la ayude?

Morgana asintió.

—Es el martes, ¿sabes? No tengo ni idea de cómo ni por qué..., pero estoy bastante segura de que ha desaparecido.

—¿Que ha desaparecido?

Morgana la miró fijamente.

—Sí.

Se hizo un silencio incómodo.

Dalia miró a Morgana.

La bruja le devolvió la mirada.

Pues parecía que estaba claro. La bruja debía de haberse

vuelto tarumba. La abuela Flora decía que pasaba hasta en las mejores familias. Lo sabía de primera mano, porque ella misma había perdido la chaveta.

Decían que Morgana Vana vivía sola en las Brumas de Brumelia, la entrada al reino de los muertos vivientes. Dalia suponía que era motivo suficiente para que cualquiera se volviera un poco majara. Lo de combinar locura y poder le parecía un poco peligroso, así que esbozó una sonrisilla nerviosa, esperando haber entendido mal.

—¿Ha desaparecido? ¿El dí... día?

Morgana asintió, y luego se levantó, descolgó el calendario de Nieblrisa que la familia Musgo tenía colgado de un gancho detrás de la puerta de la cabaña y se lo pasó a Dalia.

Dalia lo observó.

No sabía qué se suponía que debía mirar. Esperaba encontrarse que los días de la semana pasaban directamente del lunes al miércoles, y le decepcionó un poco descubrir que no era así. El martes seguía allí, igual que el anuncio de la sidra de manzana curalotodo que producían los Pradera.

—Pero si sigue...

Morgana asintió con impaciencia.

—Sigue ahí, sí, pero mira mejor.

Dalia miró. Junto a cada día del calendario había recordatorios de ferias, juntas vecinales, calendarios de cosechas, fases de la luna y otros acontecimientos. Todos los días había un evento..., salvo los martes.

Frunció el ceño.

—Pero podría ser por cualquier...

—... cosa. Sí. Yo también lo pensaba. Pero no consigo quitarme la sensación de que quiere decir algo. Algo malo.

—Morgana calló un momento antes de explicar—: ¿Te acuerdas de lo que hiciste el martes?

Dalia frunció el ceño. Cerró los ojos y durante un segundo un enorme sombrero morado y ajado decorado con una larga pluma verde clavada en un costado pasó frente a sus ojos, vio que la abuela Flora le apartaba la cara, y por un instante sintió que se le encogía el estómago de miedo. Pero entonces, tan rápido como había aparecido, la imagen se desvaneció, llevándose consigo la sensación de inquietud.

Dalia pensó, pensó mucho, como se piensa en un sueño que parece muy real nada más despertar, pero que desaparece en cuestión de segundos y resulta casi imposible de recuperar. El lunes había ayudado a Leoncio Granjero a encontrar el contrato de arrendamiento de sus tierras. Sin él, habría perdido el derecho a cultivar naranjas en ellas, aunque por suerte Dalia lo había encontrado, y Leoncio ya no tenía ningún problema con su granja; a cambio se había ganado un saco de naranjas. Luego había vuelto a casa y había ayudado a la abuela Flora a trasplantar sus gruñonas gertrudis. La abuela usaba los frutos, dulces y morados, para enmascarar los malos sabores de algunas de sus pociones (en realidad no funcionaba, porque desde el accidente la mayoría de las pociones de la abuela ya no servían para nada). El miércoles había ido al mercado a ayudar a las amas de casa de Herma a encontrar los objetos extraviados en sus casas. Los jueves su madre partía a la feria ambulante, y eso era hoy...

—La verdad es que no... Parece que no me acuerdo de lo que pasó ese día.

Morgana asintió y luego suspiró:

—Esperaba que contigo fuera diferente, pero a todos los que se lo he preguntado les pasa lo mismo. Parece que se acuerdan de casi todo lo que han hecho durante la semana, pero con el martes tienen una laguna.

Dalia se mordió el labio, dudando.

—¿Pero no es...?

—¿Normal? —Morgana terminó la frase por ella y descartó la idea con un gesto de la mano—. Sí, claro. La mayoría de la gente no se acuerda de lo que cenó anoche. Pero normalmente, si se ponen a pensar, algo se les viene a la mente. Lo raro es que ni una sola persona de todas a las que les he pedido que piensen en el martes consigue recordar qué pasó ese día. Ni siquiera yo.

Dalia arrugó la frente. Tenía que reconocer que era raro.

—¿Y a cuánta gente se lo ha preguntado?

Morgana se lo pensó y la miró.

—A Hip entero.

A Dalia se le arquearon las cejas. Eso sí que era raro: un pueblo entero. Vale, un pueblo pequeño que en realidad era más bien una calle larga, pero aun así, seguían siendo por lo menos quince familias.

Se le ocurrió otra idea. Dudó, pero lo preguntó de todas maneras:

—¿Por qué ha dicho «ni siquiera yo»?

Una sombra de sonrisa cruzó el rostro de Morgana.

—Eres espabilada. Eso es bueno. Solo quería decir que es raro, y que no me había pasado nunca.

Dalia se quedó de piedra.

—¿Nunca se le ha olvidado lo que ha hecho el día anterior?

—Nunca.

A Dalia se le abrieron mucho los ojos. No sabía cómo asimilar aquella información. La perspectiva le provocaba asombro y miedo a partes iguales.

Morgana cambió de tema.

—Me han dicho que eres buscadora.

Dalia dudó. Nunca antes la habían llamado así. Mentalmente, le produjo rechazo. Lo más parecido a ese término que la habían llamado nunca era cuando su hermana

Camelia había estado llamándola Sabueso buena parte de su infancia. Pero ya no lo hacía. Casi nunca.

—Sí. Bueno, no. No exactamente. O sea..., encuentro cosas. Cosas que están perdidas.

Morgana no dijo nada.

Dalia se apresuró a rellenar el silencio:

—O sea... Podría encontrarle unas llaves si las hubiera perdido, pero no creo que pueda encontrar un día entero... aunque hubiera desaparecido.

Morgana enarcó una ceja.

—Pero podrías intentarlo, ¿no?

Dalia se lo pensó. Podría. Nada le impedía intentarlo, eso era cierto. Respiró hondo, nerviosa, cerró los ojos, levantó el brazo hacia el cielo, se concentró muchísimo en pensar en el martes y...

—¡PARA AHORA MISMO! —vociferó Morgana, levantándose con un respingo tan potente de la silla que la tiró al suelo.

La silla cayó sobre las losas de piedra con un ruido ensordecedor. Dalia tragó saliva mientras Morgana la observaba bajar el brazo como si en vez de un brazo fuera una víbora peligrosísima. La bruja inspiró varias veces, con jadeos entrecortados, agarrándose el pecho.

A Dalia le tembló la voz al hablar, e intentó con todas sus fuerzas que su tono no sonara acusador:

¡QUÉ SUSTO! ¡MI CORAZÓN!

—No entiendo. ¿No me ha pedido que... lo intente?

Morgana se frotó la garganta, y pasado un momento su voz volvió a sonar prácticamente normal, aunque si alguien hubiera prestado atención, habría detectado un leve deje chillón.

—Es verdad, es verdad —repitió—. Sí, te lo he pedido. Quiero que lo intentes, pero no ahora mismo. ¡Ahora mismo no, querida Dalia! Antes tenemos que tener algún plan, no podemos ir a buscarlo así como así. No podríamos ni imaginar las consecuencias... —dijo, y un fuerte escalofrío la sacudió entera—. ¡puaj! —Al ver que Dalia fruncía el ceño, Morgana se explicó—: Creo —dijo, con

sus ojos negros como canicas abiertos de par en par—
que si hubieras conseguido encontrar el martes perdido
y lo hubieras traído a nuestra realidad, el resultado seguramente habría sido catastrófico. Puede que la estructura
de nuestro universo se hubiera fragmentado, dando lugar
a un escenario apocalíptico...

—¿Disculpe? —preguntó Dalia.

—Creo que se podría haber acabado el mundo.

Dalia se recostó en la silla, con el corazón martilleándole en
el pecho. Darte cuenta así de sopetón de que podías haber hecho que se acabara el mundo da, cuando menos, que pensar.

Morgana, sin embargo, parecía estar recuperada.

—El asunto es que, hasta que no sepamos qué ha pasado, podríamos empeorar las cosas. Peor de lo que ya
están, quiero decir, y ahora mismo ya están todo lo mal
que creo que pueden estar.

Dalia frunció el ceño, confundida.

—¿Qué quiere decir? O sea, sé que no es... algo bueno,
precisamente, pero tampoco se acaba el mundo porque
el martes haya desaparecido, ¿no? Solo es un día.

«Un día que nadie parece haber echado de menos,
de todas maneras, así que, ¿en realidad tan mala es la
cosa?», pensó Dalia.

—En realidad, si no lo encontramos, se podría acabar
el mundo. Sea lo que sea lo que le haya sucedido al

martes pasado podría afectar al tejido de Starfell, haciendo que se descosa poco a poco, hilo a hilo. —A Dalia se le abrió la boca como una boba. No pensaba que la cosa fuera tan seria. Morgana asintió—: Por eso tenemos que empezar desde el principio. No vamos a poder hacer nada hasta que no sepamos exactamente qué ha pasado. O, más importante, por qué. —Miró por la ventana, frunciendo ligeramente el ceño, y luego parpadeó como intentando aclararse la vista—. Vamos a necesitar a alguien, alguien que creo que puede ayudarnos..., lo que podría resultar un poco complicado, porque antes vamos a tener que encontrarlo.

—¿Y eso por qué es complicado? —preguntó Dalia.

Morgana se volvió a mirarla con una leve sonrisa en los labios.

—Bueno, porque es un olvidente, uno de los mejores de Starfell, sin duda, ya que procede de un largo linaje. El problema es que encontrar a un olvidente es casi imposible a menos que sepas dónde buscar.

Dalia estaba atónita.

—¿Un olviden...? ¿Un qué?

—Un olvidente. Está recogido en el *Viejo Cael,* ¿sabes?

—Dalia siempre consultaba aquel diccionario cuando no entendía una palabra. El shel moderno era el idioma que hablaban la mayoría de los habitantes de Starfell, si no se contaba el alto enano, claro, pero la popularidad del último se debía, sobre todo, a las variopintas posibilidades de insultos que ofrecía—. Hoy por hoy se los conoce como videntes de lo olvidado, personas que ven el pasado.

—¿O sea, lo contrario a un adivino?

Morgana hizo tamborilear los dedos en la barbilla.

—Más o menos.

—Como mi madre —la interrumpió Dalia. Su madre era una adivina famosa y recorría todo el reino de Caelius con su puesto ambulante prediciendo el futuro.

Morgana parecía tener algo atascado en la garganta, porque respondió con voz tensa:

—Bueno, sí, como tu madre. Aunque la mayoría de los que se hacen llamar «adivinos» y aseguran que pueden ver el futuro, en realidad no tienen ni idea de cómo se hace, y a veces dicen que tienen una conexión con el «otro mundo», el de los muertos, que teóricamente les cuentan cosas que están a punto de pasar —explicó con un resoplido incrédulo—. Los verdaderos videntes son, claro está, muy escasos. Pero se sabe que son capaces de identificar patrones en los acontecimientos más nimios, lo que les permite ver posibles versiones del futuro. Por ejemplo, si ven que una flor concreta florece en invierno cuando normalmente lo hace en primavera, pueden deducir que en verano habrá un tifón. —Dalia la miró, perpleja. Morgana prosiguió—: A no ser que consigan que el último gorrión del árbol haga su nido antes de la medianoche del equinoccio de primavera, por ejemplo. ¿Lo entiendes?

Dalia hizo amago de asentir, solo porque le parecía que era lo que se esperaba de ella. Pero lo cierto es que no entendía nada de nada. Morgana prosiguió, sin percatarse de lo perdida que estaba Dalia:

—Los videntes de lo olvidado, por otro lado, leen los recuerdos pasados de otra persona, que se les presentan como visiones cuando están rodeados de gente. Son, por tanto, bastante poco populares en comparación con los adivinos, y tienen pocos amigos, como te podrás imaginar.

A Dalia esto le sorprendió.

—¿Y eso por qué es?

—Bueno, los adivinos tampoco deberían ser muy populares. A nadie le gusta estar cerca de alguien capaz de predecir su muerte... Pero, en realidad, quienes pueden presagiar ese tipo de cosas son muy pocos, así que suelen ser muy bien recibidos, porque siempre te dicen lo que quieres oír. Los videntes de lo olvidado, por el contrario, pocas veces, si es que alguna vez lo hacen, te dicen lo que quieres oír. Cuentan cosas que a la gente le gustaría olvidar, cosas que preferirías que nunca hubieran pasado...

A Dalia se le desorbitaron los ojos.

—¿En serio?

Morgana asintió.

—Oh, sí. Mira al pobre Hércules Aveces, un poderoso vidente de lo olvidado. Lo encontraron ahogado en un pozo después de que pasara junto al duque de Dichonia y lo pusiera en evidencia frente al capitán de la Armada real. El duque estaba fanfarroneando de sus asombrosas dotes como arquero y de que la primera vez que había usado arco y flechas había hecho diana. Parece ser que Hércules se detuvo, se palmeó la rodilla, se empezó a reír a carcajadas y dijo: «Querrás decir que te caíste sentada en el campo tras soltar la flecha y clavársela por error a una tal Diana». —Rio Morgana—. Bueno, lo que pasó fue que vio los recuerdos del duque ese día, y a este no le hizo demasiada gracia que aireara la verdad, como te podrás imaginar...

—Y ¿por qué le dijo eso al duque? —preguntó Dalia, boquiabierta.

Morgana frunció los labios.

—No lo pudo evitar. Los videntes de lo olvidado ven las cosas como si acabaran de pasar. Y de vez en cuando se les escapan sin que se den cuenta. No son tontos..., es solo que, a veces, no son conscientes de lo que les pasa cuando están teniendo una visión. Y eso provoca situaciones bastante incómodas en público. Por eso, pocos olvidentes han sobrevivido para contarlo, y una cantidad sorprendentemente alta de ellos ha terminado apareciendo bajo los tablones del suelo de la casa de alguna persona o en el fondo de un pozo. Por lo general, solo comen platos que hayan preparado ellos mismos por miedo a que los envenenen. Son muy suspicaces con las multitudes, en parte porque son lugares propicios para revivir los recuerdos de mucha gente y en parte porque cuantas más visiones tienen más oportunidades se les presentan de ofender a alguien. Así que los pocos que han sobrevivido son casi ermitaños que salen corriendo en cuanto ven acercarse a alguien...

—Ah —dijo Dalia con el ceño fruncido—. ¿Y cómo se supone que vamos a encontrar a un olvidente si es imposible hacerlo?

—Yo diría que es complicado —sonrió Morgana—, pero no imposible, si sabes por dónde empezar.

—¿Y usted sabe por dónde empezar?

—Ah, sí. He aprendido que a veces si necesitas avanzar en la vida, lo que hay que hacer es retroceder un poco para mirar mejor.

—¿Cómo?

—Vamos a ir al último sitio donde se sabe que vivió.

—Ah —dijo Dalia, y pestañeó ante el amenazante uso de la primera persona del plural.

—Creo que deberías preparar una maleta.

—Ay, madre —susurró Dalia.

Mientras tanto, en una lejana y recluida fortaleza de piedra donde hacía un milenio que no penetraba ninguna magia, una silueta aguardaba a solas, de pie, en una torre.

Esperaba al cuervo y el mensaje que podría provocar su destrucción, delatando sus planes antes de que estuviera listo para hacerse con el poder.

Tenía bolsas bajo los ojos: dormir era un tonificante que no podía permitirse.

Pero aquel día no llegó ningún cuervo. Igual que tampoco lo había hecho el día anterior.

Por fin se permitió exhalar un suspiro de alivio, por fin se permitió creer. Había funcionado.

Introdujo la caja dentro de la túnica y se la acercó al corazón. Había cumplido bien su función. Nunca permitiría que una bruja volviera a derrotarlo.

Salió de la torre y encontró a sus fieles discípulos en la escalera de caracol de piedra, aguardando las noticias.

—¿No lo recuerda? —preguntó uno con el rostro sombrío oculto bajo la capucha de su túnica—. ¿Quiere eso decir que no vendrá?

Se le escapó una risilla triste y ahogada.

—Ah, sí vendrá. No tengo duda. Pero esta vez estaré preparado.

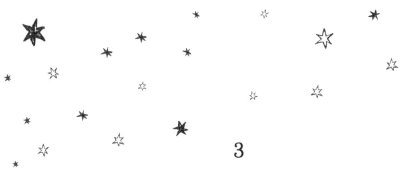

3

El monstruo de debajo de la cama

Dalia pasó el siguiente cuarto de hora intentando con todas sus fuerzas no imaginarse la cara que pondría su padre cuando regresara a casa de trabajar como gerente de la plantación de manzanas de los Pradera y descubriera que no estaba. Morgana, mientras tanto, se dedicó a explorar el «fascinante jardín» de la cabaña de los Musgo para dejarla a solas un momento y así pudiera hacer la maleta.

Dalia bajó del armario del diminuto cuarto que compartía con Camelia la vieja bolsa de viaje de pelo verde de la abuela Flora, fabricada con la larga pelambrera de una cabra montesa de la sierra del Nones. Dalia no sabía si se había vuelto verde con los años o es que las cabras montesas en realidad eran verdes. Trató de pensar qué podría necesitar.

Nunca había pasado una noche fuera de la cabaña, ni

siquiera para acompañar a su madre a una de sus ferias ambulantes. Siempre resultaba que era demasiado pequeña y, cuando tuvo edad suficiente, le colgaron el sambenito de ser la «más sensata», lo que se traducía en que en verdad era la más adecuada para cuidar de su padre y de la abuela Flora.

Nunca le había molestado tener que cuidar de la abuela Flora. En realidad, se cuidaban la una a la otra. Se hicieron inseparables cuando fue a vivir con ellos el año que Dalia cumplió cinco años. Al padre de Dalia a veces le avergonzaba su en otros tiempos famosa madre, cuyas antes solicitadas pociones ahora casi siempre explotaban en nubes de humo de colores que dejaban manchas en el techo.

Había intentado prohibirle prepararlas y también había intentado esconderle los ingredientes. Parecía no darse cuenta de cómo la abuela Flora hundía los hombros cuando le echaba una regañina, o lo mucho que le dolía que la tratara como si fuera una niña pequeña. Pero Dalia sí que se daba cuenta, igual que se daba cuenta de dónde guardaba la llave del cajón donde le escondía los ingredientes. Y por eso la abuela Flora preparaba casi todas las pociones a escondidas en el desván cuando su hijo no estaba. Dalia y Flora pasaban prácticamente todo el día juntas, y Dalia hacía todo lo posible por intentar que sus pociones no volvieran a hacer volar el tejado por los aires. Y, aunque Camelia decía que eran una pareja perfecta porque la magia de su hermana era un aburrimiento y la de su abuela, un desastre, a Dalia le daba igual. En realidad, en vez de empeorar la situación, la mejoraba.

Pero ahora, por culpa de haber pasado tantos años en casa vigilando a la abuela Flora, Dalia no tenía mucho mundo, por decirlo suavemente, ni tampoco la más mínima idea de qué se suponía que debía llevar a una aventura con un alto potencial de peligrosidad. Morgana le había dicho que quizá estuvieran fuera una semana, o dos si todo salía según lo planeado, y que de momento era mejor no contar exactamente qué pretendían hacer, por si acaso los padres de Dalia decidían salir a buscarlas (ello podía complicar aún más lo de salvar el mundo).

A la parte sensata de Dalia ya se le habían ocurrido un par de pegas. Como por ejemplo, ¿por qué había tenido la dudosa suerte de estar sola en casa cuando la bruja más temida de todo Starfell había llamado a su puerta? O que aquel plan implicara que nadie supiera adónde iba ni, más importante, con quién. Sobre todo teniendo en cuenta que se trataba de un *quién* bastante temible.

Pero Morgana Vana no parecía dispuesta a aceptar un no por respuesta. Así que Dalia había tenido que decir que

sí, en parte porque le daba un poco de miedo decir que no, y en parte porque el asunto parecía bastante serio, así que... ¿no debería ayudar si estaba en su mano? Pero fundamentalmente dijo que sí porque..., ¿en el fondo no llevaba toda la vida deseando que le pasara algo así? Aquella misma mañana, mientras tendía la ropa interior de sus hermanas, había deseado que, por una vez, le pasara algo emocionante, algo que sucediera más allá de los muros de la cabañita de los Musgo, algo que no fuera buscar la dentadura de Jeremías Corchea. Pero, como siempre decía la abuela Flora, los deseos son una cosa muy peligrosa, sobre todo cuando se cumplen. Y por eso ahora le preocupaba un poquito que aquello fuera algo más arriesgado de lo que hubiera deseado...

Dalia miró sus cosas y frunció el ceño. ¿Igual un solo par de calcetines de repuesto no era suficiente?

Invirtió otros cinco minutos en reunir todo lo que necesitaba, que, casualmente, coincidía con todo lo que tenía:

* *El vestido de repuesto, color verde estanque,* que había sido de Jazmín y que la abuela Flora le había arreglado y que se le abombaba en torno a los pies como un globo.

- *Tres pares de calcetines de lana gruesa color verde botella.*
- *Un jersey de lana grande y lleno de pelotillas de un color indefinido tirando a verde guisante* que había heredado de su padre.
- *Un camisón enorme, viejísimo y pasado de moda de color verde caqui* que una vez había pertenecido a la abuela Flora.
- *Una bufanda azul clarito con un estampado de herraduras...,* que en realidad no era suya, sino de su hermana Camelia.

Se preguntó por qué casi todas sus cosas eran de los tonos de verde más feos. Luego se quedó de pie un rato, pensando, haciendo tamborilear los dedos en la barbilla e intentando aclararse: ¿debía o no debía? Luego se arrodilló, y tras una pequeña refriega, sacó a rastras de debajo de la cama al monstruo que vivía allí, tirando con fuerza de su larga cola. Para horror del monstruo, que gritaba así:

—¡Ay, mi madre! ¡Ay, tía *avarizioza* del demonio! ¡Maldita *zeaz* por *todoz* loz colbatoz!

Y lo puso junto al resto de sus posesiones terrenales.

Lo de llamarlo monstruo quizá fuera algo exagerado. Teófilo era, de hecho, un colbato, una especie de criaturas que por pura casualidad entraba en la categoría de

monstruo. Pero a Teófilo era mejor no decirle eso, porque estaba muy orgulloso de su linaje monstruoso.

A través de las ranurillas asustadas por las que asomaban un par de ojos brillantes y anaranjados que hacía varias semanas que no veían la luz, Teófilo la fulminaba con la mirada. El enfado estaba tornando su pelaje verde lima al naranja de una calabaza madura y tenía el pelo de la cola, a rayas blancas y verde vivo, electrificado de pura indignación.

—¿Por qué *hacéiz ezo* de agarrar de la cola a *loz* que *tenemoz* cola? ¿Te parece manera de tratar un cuerpo? ¡*Zobre* todo teniendo en cuenta que *zoy* el último de mi *ezpecie*! —murmuró con pesadumbre. Luego se rascó una oreja desgreñada con una garra larga y ligeramente roñosa y gruñó—: No te *creaz* que no he *penzado* en largarme... *Zobre* todo *dezpuéz* de haberte *conzeguido ezoz ezpantozoz* cachivachez,

para *loz piez* **por** *loz* que **nunca** me *dizte laz graciaz* —comentó con un resoplido hondo y enfadado. Teófilo siempre estaba un poquito enfadado, así que Dalia lo ignoró.

Los cachivaches de los que hablaba eran las viejas pantuflas de conejito de la vecina de al lado, la señora Vieja-Bruja, que tenían pinta de estar muertas. Una noche Dalia había cometido el error de quejarse de que tenía los pies fríos, así que Teófilo fue a la casa de al lado y arrancó con un cuchillo de mantequilla las viejas pantuflas de los pies de la anciana, que parecían empanados en una costra de suciedad pegajosa similar a copos de trigo. A Dalia le había despertado notar algo cálido, húmedo y viscoso pegado a sus pies, y luego su propio grito cuando se había dado cuenta de lo que era. El recuerdo aún le provocaba escalofríos.

A pesar de todo, Dalia pensó que había una leve, levísima posibilidad de que Teófilo pudiera resultarle de utilidad en una aventura. Se le daba muy bien detectar poderes mágicos, también detectar mentiras, y su densa sangre de colbato lo hacía inmune a casi todo tipo de magia. También era su único amigo y ¿quién se acordaría de darle de comer en su ausencia?

Teófilo, a pesar de la amenaza, no había hecho amago de marcharse y se estaba ocupando de sus monstruosas abluciones matutinas: repasarse el pelaje en busca de bichos y limpiarse los dientes con una esquinita del edredón de Dalia. De hecho, Teófilo llevaba amenazando con abandonar la comodidad en la que habitaba bajo la cama de Dalia desde que la chica lo había pillado hacía tres años. Pillado como se pilla un resfriado.

Los Jensen le habían pedido que fuera a su granja por un caso de un monstruo perdido, y por el camino Dalia se iba preguntando por qué querrían los Jensen encontrar un monstruo, pero decidió no darle demasiadas vueltas, como su padre decía siempre, los denirios no caían de los árboles precisamente. Pero, cuando llegó a la casa y se encontró a la señora Jensen apuntando con un dedo al fogón y gritando: «¡Está ahí!», Dalia se confundió un poco.

—¿El qué está ahí?

—Pues el monstruo, ¡qué va a ser!

Dalia arrugó la frente.

—Pero, señora Jensen —contestó—, ¡yo no me puedo enfrentar a un monstruo!

—Pues vas a tener que poder... Eres bruja, y él se ha perdido... ¿No es eso lo que haces, encontrar cosas?

—Pero... si está ahí, entonces no está perdido.

Resultaba que los Jensen sabían que Teófilo era un monstruo perdido, él mismo se lo había contado poco antes de atrincherarse en el fogón. Se negaba a salir y a decirles de dónde venía, por ejemplo. Dalia no tardaría en descubrir que aquel era un tema delicado. Sus compatriotas colbatos habían sido expulsados de su hogar y ahora vivían repartidos por todo Starfell porque su tía Teodora era un poco ladronzuela.

Pero Dalia no tenía ni idea de nada de todo aquello cuando lo sacó de los fogones de los Jensen. Pensó que si de verdad estaba «perdido», no le haría ningún mal que lo encontrara con su magia, usando exactamente estas palabras:

—Invoco al monstruo perdido que en este momento habita en los fogones de los Jensen en Nieblrisa, en el reino de Caelius, Starfell.

A veces, no estaba de más ser concreta con algunas cosas por si acaso había otra familia Jensen en alguna otra parte del mundo que también estuviera lidiando con problemas de monstruos perdidos.

Entonces Teófilo aterrizó en sus brazos extendidos con un anaranjado golpetazo. Era más o menos igual de grande que un suave y esponjoso gato atigrado, un gato que la fulminaba con su furiosa mirada felina. De hecho, alguien que no tuviera ni idea o que fuera un poco bobo podría confundir a Teófilo con un gato. Así, tenía las orejas puntiagudas, el pelaje suave y la cola larga y rayada. Tenía

incluso —para su propio escarnio— las patitas blancas, lo que efectivamente le otorgaba un aspecto de lo más felino. Todo muy gatuno, salvo porque era verde (cuando no estaba enfadado, que eran pocas veces), tenía unas garras afiladas y bastante monstruosas, no conseguía deshacerse del olor a col podrida, la tendencia a sisar, al enfado típica de los colbatos y el desafortunado hecho de que, como todos ellos, cuando se ofendía demasiado, explotaba. Y, cuando había uno viviendo debajo de tu cama, eso no era lo más oportuno. Ah, y salvo que era capaz de hablar... Tampoco hay muchos gatos atigrados charlatanes.

Así que cuando Teófilo fue «encontrado» se empecinó en seguir estándolo, y de ahí en adelante decidió vivir con Dalia y demostrarle lo mucho que agradecía que le hubiera otorgado un nuevo hogar llevándole «regalos» de los vecinos. Aquello no era bueno para el negocio. Sobre todo si tus clientes se daban cuenta de que la persona que les encontraba objetos perdidos era la misma que se los había robado.

Dalia se aclaró la garganta.

—Oye, Teófilo, parece que el martes ha desaparecido y... vamos a ir a buscarlo con Morgana Vana. —Entonces, porque le pareció lo más acertado, añadió—: Igual te apetece preparar una mochila.

Teófilo se puso color mandarina y los ojos se le hincharon como pelotas de tenis.

—¿**Cómo**? *¿Vamoz?* —Sus labios gatunos silabearon en silencio las palabras—: Morgana **Vana**. —Y el pelaje que le cubría el cuerpo entero pasó del naranja zanahoria a un enfermizo verde del mismo tono que el puré de guisantes—. ¿**Por qué** *demonioz* te *haz* *azociado* con una **loca**? ¡**Mala bruja** comegente! ¡Hace *encurtidoz* de *niñoz* con jengibre! ¡Prepara *velaz* con la cera de *zuz orejaz!* ¡E hizo *zaltar* por *loz airez* a mi primo Teovigildo cuando lo encontró en *zu dezpenza!* Ni en *zueñoz*. Yo no *pienzo* ir, de ningún modo, bajo ningún concepto. **Aquí** me *pienzo* quedar... *Ademáz,* que de *todaz* *maneraz* *ez* mi deber quedarme como último ejemplar de mi *ezpecie* —dijo, apuñalando a Dalia con la mirada y enterrando las garras en el edredón por pura cabezonería.

Dalia suspiró, lo volvió a agarrar de la cola y lo metió en la peluda bolsa de viaje.

—Por eso no te preocupes —dijo como quitándole importancia, ignorando los bufidos y el refunfuño. Sabía que era frecuente que los colbatos explotaran, con o sin ayuda de una bruja, y por lo general solían salir bastante ilesos de las experiencias—. Vienes te apetezca o no, así que deja de quejarte.

Aunque era algo preocupante que los rumores sobre

Morgana Vana aterrorizaran incluso a la población monstruosa.

Teófilo se sentó en la bolsa de viaje con un resoplido y continuó rezongando, apesadumbrado, mientras Dalia seguía con lo que tenía entre manos. Que era la bufanda azul de las herraduras.

¿La necesitaría? ¿Le haría falta? ¿O igual le sobraría?

Era bonita, cara y ni siquiera era suya. Era de su hermana mediana, Camelia, a quien se la había regalado uno de sus muchos admiradores. Saber que Camelia se enfadaría cuando se diera cuenta de que había desaparecido le produjo esa oscura satisfacción que solo entienden quienes tienen hermanos mayores. Así que la metió en la bolsa con el resto de sus cosas, cerró la puerta del dormitorio y depositó la maleta peluda sobre la mesa de la cocina con un golpetazo (para enfado de Teófilo). En el ultimísimo momento decidió añadir al equipaje media hogaza de pan y su taza.

Luego, haciendo frente al pánico que notaba crecer en su interior, garabateó una nota para su padre:

Querido papá:

~~El martes ha desaparecido.~~

~~La bruja Morgana me ha pedido ayuda.~~

~~La bruja Morgana necesita de mis poderes. Sí, en serio...~~

Tachó el primer borrador y lo tiró a la papelera cuando se acordó de que, en realidad, no sabía adónde ni a qué iban. Tampoco es que su padre fuera a creerla. Así que hizo un segundo intento.

Querido papá:

Me he ido a ayudar a mamá y a las chicas a la feria ambulante, perdona.

Hay medio pollo asado en la nevera y una hogaza de pan bajo el paño de cocina.

Si no he vuelto en una semana, por favor, ve a ver a Cansino de mi parte. Le gustan las manzanas de los Pradera, no le vale cualquier manzana verde.

Te quiero,

Dalia

Dejó la nota en la mesa de la cocina e intentó con todas sus fuerzas no pensar en lo que diría su padre cuando volviera a casa. O lo que le haría cuando se diera cuenta de que no estaba con su madre y sus hermanas en la feria ambulante. Pero pensar en eso no tenía mucho sentido. Problemas prestados. Así los llamaba su padre. Siempre decía que el buen Vol ya proporcionaba suficientes preocupaciones de las que ocuparse a diario y que no tenía sentido preocuparse también por los problemas de mañana. Aunque Dalia no creía que a su padre le hiciera demasiada gracia que usara su propia lógica en su contra.

Peluda bolsa verde en mano, advirtió a Teófilo en un susurro que se estuviera quietecito y callado si no quería que lo entregara a Morgana Vana para que lo encurtiera en jengibre y, con las rodillas ligeramente temblorosas, cruzó la puerta de la cabaña.

—¿Preparada? —preguntó Morgana, que miró la bolsa con un atisbo de sorpresa, aunque no comentó nada al respecto.

Definitivamente, Dalia estaba de todo menos preparada.

4

El portal de la despensa

✳

Mientras Dalia seguía a la bruja por el sendero, dejando atrás su cabaña, a una parte pequeñita de su ser le hubiera gustado que una de sus hermanas —Camelia, a ser posible— pasara por allí por casualidad. Pensó en lo mucho que le gustaría poder decirle que la bruja más temida de todo Starfell necesitaba su ayuda.

Pero, por supuesto, por allí no pasó nadie. Recorrieron el sinuoso sendero de tierra por el que se salía de Nieblrisa y sus ondulantes huertos y campos de cultivo. Se bifurcaba a la izquierda hacia los sombríos bosques que se avistaban en el horizonte, bosques a los que a Dalia llevaban toda la vida advirtiéndole que era mejor no acercarse.

—Por aquí —dijo Morgana, y Dalia se mordió el labio, nerviosa, antes de atreverse a seguirla. Miró por encima del hombro, vio a Cansino, el caballo de tiro jubilado de los Jensen, a cuatro patas y con pinta de desolado en su pradera del valle, con la manta de lana morada protegiéndole los costados.

Supuso, con pesadumbre y temblor de rodillas, que la bruja, por supuesto, preferiría cruzar el bosque oscuro a tomar los caminos que salían de Nieblrisa. Por el leve temblor que emanaba de la bolsa de viaje que sostenía, supo que Teófilo compartía su opinión.

Cuando giró para adentrarse tras la bruja en el bosque, un cuervo planeó en círculo sobre ellas, emitiendo un graznido espeluznante y extraño. A lo lejos aparecieron otros de su especie. Dalia no pudo disimular el escalofrío, pero Morgana los miró y les sonrió como si fueran viejos amigos.

—¿Sabes que a las bandadas de cuervos a veces se les llama «maldadas de cuervos»? Pero yo prefiero llamarlas por un término mucho menos conocido: una conspiración de cuervos.

Dalia frunció el
ceño y siguió con la mirada el
vuelo de las aves que las rodeaban.
La verdad es que «conspiración» no
sonaba muchísimo mejor que «mal-
dada». Mientras contemplaba los pájaros,
vio que uno en concreto se acercaba a
Morgana. Se diferenciaba de los
demás en que parecía que sus
alas fueran de tinta, o de
humo. Sin darle tiempo

a decir nada, Morgana envaró uno de sus delgados dedos y el ave se desvaneció con un fugaz aleteo de alas negras. Dalia tragó saliva y miró a Morgana con cautela. ¿De verdad había hecho desaparecer un pájaro con solo levantar un dedo?

—Vamos —dijo Morgana como si tal cosa—. Dentro de un rato pararemos para pasar la noche.

Mientras Dalia seguía a la bruja, fue rememorando algunos de los rumores que había oído contar sobre ella a lo largo de los años: que tenía cuervos amaestrados y que la llevaban de Starfell a Infiernia para ir a bailar con los muertos. Miró de reojo a Morgana y tuvo la tentación de preguntarle si algo de todo aquello era cierto, pero, al ver la expresión de la bruja, se le quitaron las ganas casi inmediatamente.

Aunque quería preguntarle tantas cosas... Como, por ejemplo, si era verdad que vivía en las Brumas de Brumelia, unas nieblas que hacían enloquecer a casi todo el mundo. O si era cierto que poseía varios poderes mágicos, como decían muchos, o solo eran habladurías, como lo que le había contado Teófilo de que hacía conservas de niños en jengibre (que Dalia esperaba con todas sus fuerzas que no fuera verdad).

Llevaban recorrido a pie casi kilómetro y medio por los espesos y oscuros bosques, envueltas en aroma a pino y musgo, y Dalia ya comenzaba a sentir cómo la humedad y el frío trepaban lentamente por su cuerpo desde los dedos de los pies cuando Morgana aminoró el paso.

—Por la mañana pondremos rumbo a la ciudad de Colina Taimada —dijo—. Allí está la última residencia conocida del vidente de lo olvidado al que estamos buscando, pero queda un poco lejos, así que vamos a necesitar una ayudita.

Dalia pensó que quizá estuviera haciendo referencia a usar un carruaje, pero albergaba la esperanza de que en su aventura con Morgana hubiera algún vuelo, aunque fuera corto, en escoba, así que se atrevió a preguntar:

—Esto, no... ¿no le gusta volar?

Morgana la miró fijamente y Dalia notó cómo se le encendían un poco las mejillas. Pero entonces la bruja asintió:

—Sí que me gusta. Durante una temporada tuve una alfombra voladora, un artículo muy exclusivo, como sabrás. De tres plazas, y creo que en algún momento perteneció al rey Tétanos, pero hace mucho que la perdí. Se largó volando, seguramente enfadada porque tuve que limpiarla. Las alfombras viejas suelen ser bastante enojadizas. Y por lo general las escobas no me van demasiado. Todavía no he encontrado una que me guste... Es que lo de las brujas y las escobas me parece un estereotipo, y

con el sombrero me pasa igual. Si puedo evitarlo, prefiero no llevarlo.

Cuando Dalia pensaba en una «bruja», a su mente afloraba de inmediato la imagen de una escoba. Aunque lo cierto era que las pocas brujas que conocía poseían escobas que lo más extraordinario que hacían era barrer, pero albergaba la esperanza de que Morgana Vana fuera la excepción a la regla. Por algo era Morgana Vana.

—Siempre he tenido ganas de montar en una escoba voladora —reconoció Dalia, que durante mucho tiempo había deseado tener una y no podía evitar sentirse un poco decepcionada. ¿Qué mejor momento para probar una escoba voladora se le iba a presentar que una misión para salvar el mundo?

Morgana la miró, se encogió de hombros y dijo:

—Bueno, supongo que en este caso el tiempo es oro y como de todas maneras vamos a pasar por Rabaneta...

Dalia parpadeó. Rabaneta... El nombre le sonaba. ¿Sus habitantes no eran famosos por algo? ¿Por algo relacionado con hacer volar cosas? Una leve chispa de esperanza se expandió por su pecho. ¿Estaba la bruja diciendo lo que a ella le parecía que estaba diciendo?

—Así que, a pesar de mis reticencias, creo que tendremos que ir a por escobas, sí. —Aun así, Morgana no parecía contentísima al respecto—. Mañana por la mañana a primera hora.

A Dalia se le escapó un gritito de alegría y dio un respingo que provocó que Teófilo resoplara en la bolsa de viaje. Se recompuso rápidamente cuando Morgana parpadeó, sorprendida ante su reacción.

—Umm —murmuró Dalia, aclarándose la garganta con timidez—, bueno, de acuerdo, si a usted le parece lo mejor...

No mucho después, cuando el sol ya comenzaba a ponerse, Dalia y Morgana penetraron en un bosque perfumado. Caminaron hasta llegar a un pequeño claro cubierto de planta mariposa donde Morgana le dijo que se detendrían a pasar la noche.

—Mañana madrugaremos para ir a Rabaneta.

A pesar de lo prometedor que sonaba el plan de ir a comprar escobas voladoras, Dalia agradeció la noche de descanso. Tenía los pies doloridos y estaba agotada y hambrienta. Dejó la bolsa de viaje en el suelo, miró a Morgana, apartó la vista y, cuando vio lo que estaba haciendo, no tuvo más remedio que volver a mirarla. Al parecer, la bruja había hecho surgir de la nada un enorme caldero de hierro que flotaba sobre una llama violácea suspendida en el vacío.

—Espero que te guste la sopa de ortigas, debería estar lista en breve.

—¿Cómo ha hecho eso? —exclamó Dalia.

Morgana movió una mano con gesto distraído al tiempo que probaba la sopa con una cuchara de madera y murmuraba:

—Sin duda, le falta sal. —Se palmeó la parte delantera de la capa, rebuscó en su interior y extrajo un pequeño recipiente de cerámica del que pellizcó un poco de sal que esparció sobre el caldero. Entonces, cuando se dio cuenta de lo asombrada que estaba Dalia, dijo como si tal cosa—: Ah, ¿esto? Lleva cocinándose el día entero.

Dalia parpadeó. «¿Qué?».

Morgana, sin embargo, ni se inmutó.

—Ay, qué maleducado por mi parte. ¿Quieres sentarte? —le preguntó, y procedió a sacar una silla plegable de color azul del interior de su capa. La desplegó y se la ofreció a Dalia, que la aceptó, completamente pasmada. Fue testigo de cómo Morgana iba sacando más cosas de los pliegues de la capa, entre las que había una mesita verde, un par de cuchillos, tenedores, platos y vasos morados. Morgana se palpó la capa, miró al cielo, puso los ojos en blanco y dejó escapar un profundo suspiro—: Creo que me he dejado el vino bueno en la otra bodega, así que vamos a tener que apañarnos sin él. Pero, bueno, tenemos sidra de floruvia, así que supongo que sobreviviremos —dijo, sacando una jarrita con cara de no estar demasiado segura.

Dalia la miró fijamente. ¿La otra bodega? ¿Pero cómo escobas se las apañaba aquella bruja para llevar todas aquellas cosas en la capa... y conseguir caminar? La respuesta más evidente era, por supuesto, gracias a la magia. Pero era una respuesta demasiado abierta, y la magia, por lo menos por lo que Dalia sabía, no funcionaba como la gente pensaba que lo hacía. O ya no, al menos, desde que había quedado prácticamente erradicada tras la guerra que comenzaron los Hermanos de Vol, una orden religiosa que abogaba por eliminar la magia de Starfell, porque creían —bueno, y seguían creyendo— que la gente que nacía con poderes mágicos era antinatural y que sus cuerpos estaban poseídos por el mal. La contienda acabó siendo lo que todo el mundo conocía como la Larga Guerra. Las brujas y los magos de la antigüedad habían unido sus mejores hechizos para combatirlos, pero los Hermanos de Vol se los robaron y mataron a miles de brujas y magos, destruyeron los bosques encantados y quemaron todos los rollos de hechizos que pudieron para tratar de borrar la magia del mundo.

Sin embargo, habían fracasado. No sabían que en realidad la magia nunca muere, se limita a aguardar hasta que estamos preparados para ella. Pasados los siglos, regresó poco a poco, muy despacio, a Starfell.

Aunque la magia de ahora no era como la de antes. Había cambiado. Tal vez hubiera aprendido. Quizá le preocupaba excederse y que volvieran a exterminarla. Cuando por fin regresó, medio a hurtadillas, lo hizo con mucho cuidado, obsequiando a unos pocos con leves coletazos de sí misma.

Ahora quienes poseían poderes mágicos no solían tener más de uno, aunque seguían denominándose magos y brujas. Sin embargo, no podían compararse a los magos y las brujas antiguos, a los que se conocía como los viejos hechiceros de Starfell, que no poseían un único poder mágico: ellos tenían muchos. En aquella época, la existencia de la magia en el mundo también era distinta, corría libre por la tierra, por los ríos y los arroyos, por las montañas y las praderas. Incluso algunos de los hechiceros más poderosos

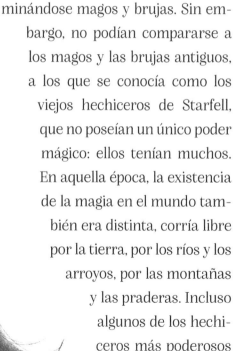

de la época canalizaban su magia con potentes encantamientos.

Pero hacía mucho que ese mundo ya no existía. Igual que tampoco lo hacían aquellos potentes encantamientos antiguos que los hechiceros habían recopilado para combatir contra los Hermanos de Vol, que habían pasado a la mitología como los Encantamientos Perdidos de Starfell. En aquella época, había pocos magos y brujas capaces de realizar incluso los encantamientos más sencillos y, por lo que Dalia sabía, nadie con poderes mágicos era capaz de hacer lo que Morgana parecía estar haciendo en aquel momento, que era servirse magia como si brotara de un grifo.

—¿Cómo lleva todo eso encima? —preguntó Dalia.

Morgana, que acababa de sacarse un bonito cojín morado de la capa, alzó la vista y se encogió de hombros.

—Ah, no lo llevo encima. En realidad, soy partidaria de viajar ligera de equipaje.

Dalia se quedó boquiabierta.

—Pero, entonces, ¿cómo tiene tantas cosas? —exclamó, y sus ojos fueron de la mesa al caldero burbujeante pasando por las sillas plegables, incrédulos.

Morgana ladeó la cabeza.

—No, en realidad no las tengo. La capa es un portal. Me la hicieron en Lael, así que me da acceso a la despensa

de mi casa, al sótano y a la cocina... De verdad que es muy útil.

—¿La capa es un portal?

Morgana sirvió la sopa, espesa y sustanciosa, le tendió a Dalia un pesado plato de cerámica y se sentó frente a ella en su propia silla plegable, ahuecando el cojín morado, que se colocó tras la espalda.

—Menuda lata de lumbago —murmuró. Entonces se dio cuenta de que Dalia seguía esperando una respuesta a su pregunta y dijo—: ¿Sabes lo que es un portal?

Dalia se lo pensó un rato.

—¿Una especie de puerta a otro lugar?

—Exacto, pero no tiene por qué ser una puerta, puede ser...

—Una capa —susurró Dalia, maravillada.

Morgana sonrió.

—Exacto.

—Ostras.

—Es bastante útil. No todo el mundo tiene tu poder... El poder de invocar cualquier cosa que necesites así como así. —Chasqueó los dedos—. Eso sí que es un poder.

Dalia se encogió de hombros.

—Pero solo puedo invocar lo que está perdido. Es un poco rollo. No podría invocar ni siquiera mi propio cepillo de dientes a no ser que lo haya perdido antes... Y las cosas que me dejo en casa no cuentan como perdidas. —Se pasó la lengua por los dientes y suspiró. De hecho, se había olvidado el cepillo de dientes.

Morgana se golpeó la punta de la nariz con el dedo con aire cómplice y luego le guiñó un ojo.

—Pero, bueno, hay truquillos, ¿no?

Dalia se quedó boquiabierta. ¿Cómo lo sabía? ¿Sería capaz de leer la mente, como decían los rumores?

Dalia a veces «perdía» cosas que podían serle útiles luego. No podía ser demasiado evidente, porque si no la magia no funcionaba, pero si, por ejemplo, te dejabas monedas en un bolsillo que se te había «olvidado» que tenía un agujero, podías ahorrarte una carrera a casa para buscar la cartera un día de mercado. (Aquello había impresionado momentáneamente a Prudencia Bocina, justo antes de reclamar ayuda a su hermana Camelia y sus impresionantes poderes.) A veces estaba bien planear con antelación cuando querías perder accidentalmente una manta vieja y raída hecha con uno de los vestidos peludos de tu abuela. Había que olvidársela un día de colada que en el parte meteorológico dieran vendaval mientras la tendías para que se secara, por ejemplo. Pero ¿quién sabía cuándo podías necesitar invocar el calorcito de una manta extra?

Morgana rio, pero eso no la hizo parecer menos amenazadora.

—Yo también tengo los míos... El secreto para ser una buena bruja es ir siempre un paso por delante, si puedes. *La preparación hace la perfección.*

Dalia frunció el ceño.

—¿No era la práctica?

Morgana resopló.

—Eso es para quienes les gusta perder el tiempo. ¿Quién necesita practicar algo cuando puedes estar preparado para ello de antemano? —dijo, dándole una palmadita a la capa.

Bueno, la verdad es que parecía bastante sensato.

Una vocecilla gruñona procedente de la bolsa peluda de Dalia murmuró:

—**¿Y quién la ayuda a perder** *cozaz* **para que luego pueda** *encontrarlaz?* **Cómo** *lez guzta a laz brujaz* **atribuirze** **todo el mérito.** *Puez* **no va el otro día y dice que ojalá perdiera la red de** *pezca…,* como diciendo que *zería* **mucho** *máz imprezionante zi* **cuando encontrara** *loz cachivachez* **de la gente** *eztoz* **aparecieran** *zimplemente* **porque** *loz* **convocara...** *Azí* **que** *ze* **la tiré al lago del Hombre Perdido,** donde *laz cozaz* **que** *dezaparecen* **no** *ze* **vuelven a ver nunca** *máz.* **Y no** *zolo* **le dio igual, no, ¡***zino* **que encima me mete en una** *bolza* peluda, como *zi* le diera igual que *zea* el último colbato de mi *ezpecie…!* Y tampoco *me apetece eza zopa,* claro que no.

Un largo silencio siguió a aquella diatriba. Morgana miró a Dalia. Dalia miró a Morgana.

«Ahí está.»

—¿Qué ha sido eso? —preguntó la bruja.

—Eso —suspiró Dalia— no ha sido nada... —La bruja enarcó una ceja y Dalia se apresuró a añadir—: Nada de lo que se tenga que preocupar. De verdad.

Casi ninguna bruja es boba, así que Morgana no insistió. Pero sí que dijo en voz alta:

—Las cosas de las brujas, de las brujas son. Sin embargo, mi bodega y mi despensa están prohibidas... a no ser que algún colbato quiera que lo conviertan en un gatito atigrado.

Dentro de la bolsa se oyó un jadeo perfectamente reconocible. Dalia resopló.

Después de ayudar a Morgana con los platos (por supuestísimo, la bruja tenía agua caliente y una palangana ya preparadas), Dalia se metió en el saco de dormir y, aunque era la primera noche de su vida que pasaba lejos de la cabaña, concilió el sueño de inmediato, a pesar de las quejas de Teófilo.

—¿Por qué tienen que *zer* tan ***ezageradaz?*** ¡Convertirme en gato ***doméztico!*** Que *zea* un ***monztruo*** no quiere decir que no tenga *zentimientoz, jolín.*

5

Los fabricantes de escobas

A la mañana siguiente, después de recoger los sacos de dormir y de que Dalia hiciera un intento de lavarse los dientes frotándoselos con el dedo, se encontraron con una estampa bastante poco prometedora. De espaldas a Dalia y a Morgana, y junto a un soto de altos árboles, había un grupillo de unos veinte hombres que vestían unas características togas marrones y doradas.

Morgana alzó una mano justo cuando de la bolsa de Dalia surgía un tenue «¡Ay, **mi madre!**».

—Los Hermanos de Vol —dijo en voz baja.

Tenía el rostro blanco y duro como el mármol, como si estuviera enfadada, y le hizo un gesto a Dalia para que regresara por donde había venido.

Dalia contuvo un grito. Los Hermanos de Vol tenían una concepción bastante retrógrada sobre las brujas, fundamentalmente porque creían que la mejor manera de interactuar con ellas era quemarlas en una hoguera.

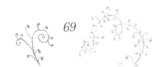

Los hermanos vivían en Volkana, una fortaleza oculta que ningún ser mágico podía localizar, y mucho menos acceder a ella. Y cuando no estaban allí, maquinando y planeando, se dedicaban a ir causándole problemas a aquellos por cuyas venas corría magia. Por ejemplo, se dedicaban a asegurarse de que las brujas y los magos no accedían a las Zonas Vetadas. Se denominaban Zonas Vetadas a aquellas ciudades y pueblos que habían decidido que preferían no tener residentes con poderes mágicos.

Cuando la magia había empezado a colarse de nuevo en el mundo, familias como la de Dalia y Morgana se habían visto obligadas a vivir en asentamientos cerrados como Aguasosa. A medida que la población con poderes mágicos había ido aumentando, las cosas habían cambiado poco a poco, y se llegó a un acuerdo. Aquellos que tuvieran poderes mágicos se comprometieron a no usarlos con otras personas sin su permiso, así como a vivir únicamente en zonas donde fueran bienvenidos.

A lo largo de los años, algunos decidieron mudarse a zonas más tolerantes de Starfell, pero nunca olvidaron que habían sido perseguidos, y aquel era el motivo por el cual algunos magos y brujas, como Morgana Vana, por ejemplo, mantenían en el más absoluto secreto dónde vivían y juraban no tener que volver a responder jamás ante nadie.

—Podríamos con ellos —dijo Morgana, que se lo estuvo pensando un rato—. Podría deshacerme de ellos ahora...

Dalia tragó saliva, con la esperanza de que las palabras de la bruja no significaran lo que ella pensaba que significaban. Estaba intentando hacer acopio de valor para preguntárselo cuando Morgana sacudió la cabeza y los ojos se le pusieron vidriosos un instante antes de parpadear.

—Pero aún no. No todavía... Los necesitará, así que esto es mejor, sí.

Dalia miró a Morgana estupefacta.

—Esto..., ¿perdone?

Morgana salió de su ensoñación, asintió ligeramente con la cabeza y dijo:

—Por donde hemos venido, creo. Podemos rodear el bosque y llegar a Rabaneta por allí.

Retrocedieron lentamente, con mucho cuidado de que los hermanos no se percataran de su presencia. El pulso de Dalia tardó un rato en ralentizarse. La alivió muchísimo, sin embargo, que la bruja hubiera decidido no enfrentarse a veinte odiadores profesionales de brujas.

Cuanto más cerca estaban de Rabaneta, menos pensaba Dalia en los hermanos y más en la gente que estaban a punto de conocer. ¡Fabricantes de escobas! No podía creer que por fin fuera a ver escobas voladoras de verdad.

—Los mejores escoberos son los recordadores —dijo Morgana—. Lo que, como sabes, quiere decir que tenemos que recordar una cosa importante...

Dalia tragó saliva, preparándose para la advertencia.

Desde el interior de la bolsa Teófilo soltó un leve «¡Ay, **mi madre!**».

Le habían contado historias sobre los recordadores, sobre todo la abuela Flora. Tenían sangre de elfo, sangre de espíritu y un poco de sangre humana, pero con los humanos se llevaban como con ese primo lejano al que nadie quiere mencionar (pero, si entrecerrabas mucho los ojos y mirabas con atención, casi detectabas el parecido). Medían algo menos de tres metros, eran melenudos, delgadísimos y tenían cierta aversión a cortarse las uñas de los pies por debajo de los quince centímetros, porque creían que ahí residían sus poderes. De lo que no había duda es de que ese era el motivo por el que nadie se les acercaba.

—Bajo ningún concepto podemos quedarnos a comer.

Dalia frunció el ceño.

—¿No? ¿Por qué?

Morgana se encogió de hombros.

—Porque cada vez que comen, tardan horas... y nosotras tenemos prisa. —Vio la mirada de incredulidad que Dalia intercambió con los párpados entrecerrados de Teófilo, que asomaban de la bolsa de viaje, y rezongó—: Ah, ¿te preocupa la tontería esa de que comen personas? Yo no me preocuparía. Hace tiempo que eso pasó de moda...

Dalia tragó saliva. Aquel era un rumor que hubiera podido vivir sin saber.

A media mañana habían penetrado en un bosque bien nutrido de árboles cuyas copas se cernían sobre ellos. A través de las ramas, avistó a los escoberos en plena faena y tuvo que contener un grito. Eran altísimos, parecían árboles delgados y ambulantes y todos trabajaban sin descanso.

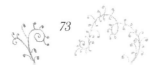

Tenían las uñas largas y curvas a juego con el color de su pelo. Lucían melenas de colores eléctricos extraños, del azul y el verde más vivo, que refulgían entre las motitas de luz del bosque. Observándolos, Dalia vio que había cientos de puestos de trabajo en los que los distintos recordadores ejecutaban diferentes estadios de la construcción de las escobas.

La noticia de su llegada se extendió con rapidez. En cuestión de segundos, uno de los recordadores más bajitos (de unos dos metros y medio) vino a a darles la bienvenida. Lo primero que Dalia pensó al verlo fue «AZUL», justo seguido de «PELO». Tenía una melena asperísima, despeinadísima y azulísima que brotaba de su cabeza, se unía con una barba triangular y parecía perderse en algún lugar cerca de su cintura.

—¡Morgana! —la saludó el recordador con un rápido parpadeo—. Esto..., ¿qué te trae por aquí? —preguntó, un tanto nervioso, mirando de reojo a la bruja.

Dalia se dio cuenta de que Morgana se estaba esforzando por parecer simpática. Por lo menos había conseguido desfruncir el ceño. El recordador tenía los ojos muy raros. De un azul oscurísimo, con motitas blancas, así que parecían trocitos de un cielo nocturno lleno de estrellas. Dalia se preguntó si con unos ojos como aquellos las cosas se verían distintas.

Morgana presentó a Dalia y a Talak y dijo:

—Bueno, necesitamos vuestra ayuda. Veréis, la velocidad ahora mismo es clave para nosotras, y nos gustaría comprar dos de vuestras escobas.

Las orejas puntiagudas de Talak se dispararon hacia el cielo de pura sorpresa.

—¿Tú... quieres comprar una escoba? —Lo decía como si fuera incapaz de creer lo que oía.

Morgana suspiró.

—Eso me temo.

Que, como respuesta, era un tanto grosera..., pero nadie se atrevió a decírselo a la bruja.

Dalia no podía evitar que todo lo que veía la maravillara. Talak se dio cuenta, y, como en el fondo tenía alma de mercader, dijo:

—Acompañadme, os haré una visita guiada.

Y ambas mujeres lo siguieron por los Bosques Escoberos.

—Ese es el Depósito de Ramitas, el trabajo más adecuado para los más pequeñines —explicó, señalando con una uña curvada hacia un grupillo de unos doce recordadores. Dalia contempló cómo un recordador con una mata de pelo naranja vivo y unas uñas a juego ataba un haz de ramitas del tamaño de una piedra pequeña con lo que parecía hilo sobre una gran mesa de caballete—. Un trabajo muy delicado, ¿ves? Perfecto para sus deditos —dijo Talak, levantando sus dedos gruesos como salchichas.

De la bolsa de Dalia surgió un quejido ahogado.

—*¿Pequeñinez?* *¿Pequeñinez, eztamoz locoz?* *¡Ezaz beztiaz zarpudaz zon* lo *máz* alejado de un *pequeñín* que ezizte!

—Shhh —lo acalló Dalia, dando una pequeña sacudida a la bolsa.

Lo cierto es que, por simpáticos que pudieran parecer los recordadores y aunque ya no comieran humanos, no estaba segura de que un colbato no les pareciera una buena opción de cena...

—Ahí está Ensamblaje —anunció Talak, prosiguiendo con la visita—. El proceso se explica solo, en realidad, ahí es donde se unen las piezas. —Señaló una pequeña zona donde un grupo de recordadores unía con cuidado los haces de ramitas a los mangos de las escobas—.

Ahí está Desbroce —añadió cuando pasaron frente a un grupo de recordadores altos y delgados que examinaban desde todos los ángulos posibles las escobas que flotaban en sus aparcamientos, haciendo retoques aquí y allá—. Aquí intentamos no subir mucho la voz, porque necesitan silencio —informó en un susurro. Pasaron por allí de puntillas—. Y aquí —continuó cuando entraron en el corazón de aquellos oscuros bosques— es donde se produce la verdadera magia, aquí está Despertar, que es donde la escoba cobra vida... y revela en qué se va a convertir.

Había cierta quietud en la atmósfera, como si aguardaran algo.

—¿Lo revela? —preguntó Dalia sorprendida.

Solo había un recordador presente, una hembra con una lacia melena caoba que le llegaba hasta la cintura. Tenía las uñas de las manos y de los pies verdes, a juego con sus enormes y luminosos ojos.

—Mi esposa —susurró Talak—, Yárbola. —Yárbola estaba concentrada en la importante tarea que se traía entre manos, así que siguió susurrando para no molestarla—: A esto lo llamamos la Chispa, cuando la escoba toca las manos de un despertador, libera su magia y revela al escobero en qué tipo de escoba se convertirá. Igual que las personas, las maderas tienen personalidad, y no hay dos escobas iguales.

Los largos dedos de Yárbola se deslizaron por un retoño del árbol, que se elevó lentamente en el aire. Un rato después, un leve halo de luz azul lo rodeó.

—Cuando se pone así, azul, es que va a ser una furtiva —les explicó Talak.

—¿Una furtiva? —preguntó Dalia, en cuyos ojos se reflejaba el resplandor que emitía la escoba.

—Sí, aunque no hay dos escobas iguales, tienden a ciertos rasgos de personalidad dominante, como las personas. Hay personas reservadas, personas seguras de sí mismas, personas severas... —explicó Talak, mirando a Morgana. Se aclaró la garganta y continuó—: Pues, de la misma manera, la personalidad dominante de una escoba la vuelve proclive a diferentes usos. Las escobas pueden ser corredoras, furtivas, rotoras o paseantes. Las corredoras son para quienes tienen que salvar una distancia larga y necesitan un poco de velocidad, las furtivas son para aquellos que gustan de pasar desapercibidos. Las rotoras son para una escapada rápida, como un cohete, y las paseantes para quienes quieren disfrutar de un vuelo como quien disfrutaría de un paseo dominical. Luego hay unas pocas que combinan varias capacidades, aunque hay combinaciones bastante raras, igual que pasa con las personas. Una vez tuvimos una paseante corredora que daba paseos con arranques y frenadas de lo más accidentado. Recordaba a un caballo de carreras viejo rememorando victorias de juventud.

Entonces Yárbola se volvió para mirarlas y las saludó con una leve inclinación de cabeza. Aparentemente a ella no le sorprendía tanto la presencia de Morgana Vana. De hecho, era casi como si la estuviera esperando.

—Morgana —dijo, asintiendo y mirándola con sus sabios ojos verdes—. No sabía si vendrías a vernos. Han estado pasando cosas raras últimamente. He estado interpretando las señales...

—Igual que yo —coincidió Morgana—. ¿Qué has visto tú?

—Han aparecido escobas que ninguno recordamos haber fabricado..., y, a pesar de ello, parece que son las mejores que hayamos hecho.

Talak asintió.

—Hemos intentado replicar el proceso, pero sin saber cómo las hicieron... es imposible.

Dalia y Morgana intercambiaron una mirada.

—También han ocurrido otras cosas —continuó Talak—. Bueno, mi sobrino, Ramarro, lleva días yendo por ahí como adormilado, se suponía que se iba a casar, y es muy raro, porque no sabemos si al final se casó o no. Lo único que repite es que no consigue acordarse.

—El problema es que nosotros tampoco —dijo Yárbola.

Morgana asintió.

—Tiene lógica. Concuerda con lo que nosotras también hemos observado.

Entonces les explicó lo del día perdido y su temor de que alguien lo hubiera robado.

Yárbola contuvo un grito.

—¿Crees que alguien lo ha robado? ¿Y con él los recuerdos?

—Eso me temo —dijo Morgana—, pero vamos a intentar recuperarlo.

Mientras Dalia los oía hablar, un enorme sombrero morado con una larga pluma verde apareció flotando frente a sus ojos, y el rostro de su abuela se apartó de ella, y notó que en su interior algo se contraía con un frío helado, pero casi tan rápido como se había formado en su mente, la imagen desapareció. No podía dejar de pensar que si todo el mundo se había olvidado de algo, de algo que había pasado el martes..., ¿ella también lo habría hecho?

Yárbola se quedó mirando a Dalia un largo rato, como si la estuviera estudiando. Luego asintió.

—Podemos ayudaros con esto —dijo, entonces arrancó una ramita de un retoño que resplandecía envuelta en una bruma azul y se la entregó a Dalia—. Esta ramita es de una furtiva, te ayudará a ser invisible. Como ha sido

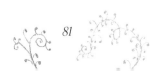

arrancada de su fuente, solo funcionará una vez. Cuando se te presente la ocasión, úsala sabiamente. Llegado el momento, sabrás reconocerlo.

Dalia parpadeó.

—¿Quiere que la tenga yo? —preguntó—. ¿No Morgana?

La recordadora asintió.

—Solo un niño podría usarla.

Dalia miró a Morgana, que no parecía sorprendida. De hecho, se mostraba más bien complacida, como si fuera lo más normal del mundo que le hubieran dado una ramita mágica para ayudarla a volverse invisible. Dalia tartamudeó un gracias, guardó la ramita en un bolsillito del interior de la bolsa, y cruzó una mirada sorprendida con Teófilo al hacerlo.

Yárbola sonrió.

—Venid, acompañadme, vamos a emparejaros con una escoba.

Dalia parpadeó y un ovillo de emoción se desenrolló en su interior.

Siguieron a Yárbola y a Talak hasta un pequeño taller de madera sobre cuyo suelo flotaban varias escobas recién fabricadas. Él se frotó la barba sin quitar ojo de encima a Morgana y con expresión ladina. Por fin, asintió:

—Quizá algo moderno..., pero también de fiar. No

pasa mucho, pero bueno, como he dicho antes, de vez en cuando aparecen escobas predispuestas a experimentar cosas nuevas. Por cambiar un poco.

Con los ojos brillantes, se apresuró al fondo de la sala donde tenían expuestas todas las escobas y regresó con una monstruosamente grande, exhibiendo una sonrisa casi igual de grande de oreja a oreja.

Dalia nunca había visto nada parecido: tenía un manillar bajo, reposapiés hechos de púas y dos motores a ambos lados que cobraron vida con un rugido nada más Talak tiró de la cuerda que activaba cada uno de ellos. Llamas de un naranja vivo brotaron de la parte trasera cuando la escoba arrancó, dibujando un estruendoso cerco a su alrededor y obligándolos a agacharse para ponerse a salvo. La escoba frenó en seco justo frente a Morgana.

Talak le tendió un par de gafas de aviador.

—Yo la llamo Punki —dijo con una amplia sonrisa que, para sorpresa de todos, Morgana devolvió. Pasó una mano por su pulida extensión, diciendo:

—Es perfecta. Una escoba que no es una escoba. —Le brillaban los ojos.

Acto seguido se hizo el silencio. Pasado un rato, Talak cerró la boca y le dijo a Dalia:

—Ahora la tuya... Ya sé. En cuanto te he visto, he pensado... esta es la chica.

Regresó con una escoba mediana que se deslizaba por el aire ligera como una pluma. La madera tenía un brillo plateado y mezcladas entre las ramitas de la base había unas largas plumas blancas procedentes de la cola de algún ave. Era pura y sencillamente hermosa. Mientras la contemplaban, parecía desaparecer frente a sus ojos, confundiéndose con el entorno.

—Esta —dijo Talak y dejó la escoba suspendida junto a la cadera de Dalia— es Susurro. Es una furtiva-corredora muy particular. Es única en su especie: la encontramos el miércoles y nadie recuerda haberla fabricado, lo que es casi tan raro como que tenga plumas en el mocho. Me recuerdan un poco a las de dragón nuboso, pero

claro, es imposible, porque los dragones nubosos se extinguieron hace años de Starfell. Venga, sácala a dar una vuelta.

Con el corazón acelerado, Dalia agarró el esbelto mango, pasó una pierna sobre la escoba y se sentó a horcajadas sobre ella. La escoba se elevó muy despacio sobre el suelo, pero cuando apoyó las punteras en los reposapiés, despegó en menos de lo que la niña tardó en pestañear. Se alzó sobre las copas de los árboles, con la bolsa de viaje sujeta bajo el brazo. Los verdes ojillos de Teófilo se asomaron por el borde y la criatura jadeó:

—¡Ay, **mi madre!**

Dalia dio un rizo y se reunió con el resto (y con su estómago, que se le había caído al suelo). Aquel había sido, sin duda alguna, el mejor momento de su vida, y no podía dejar de sonreír.

Pero Dalia se llevó un buen baño de realidad cuando calculó mentalmente los denirios que debía costar Susurro y supo que no tenía la más mínima posibilidad de permitírsela. Sin embargo, cuando preguntaron por el precio de las escobas, Talak insistió en que quería regalárselas.

—Queremos ayudaros en vuestra expedición, así que consideradlas un regalo, una manera de ayudaros a encontrar el día perdido. Buena suerte, joven Dalia —le dijo mientras ella tartamudeaba un gracias.

A pesar de sus buenas intenciones de continuar con el viaje cuanto antes, era mediodía cuando por fin salieron de Rabaneta. A Dalia no le había molestado, precisamente. Se lo había pasado genial con los recordadores, y ahora, contra todo pronóstico, estaba partiendo de sus dominios con una escoba propia.

El único que no parecía en absoluto impresionado era Teófilo, quien ahora que estaban lejos de los recordadores había recuperado la voz.

—Noz *vamoz* de viaje, me dijo —murmuró, enfadado—. A *zalvar* el mundo, me dijo —rezongó—. Pero de volar en *ezcobantez ezcobaz voladoraz* no dijo nadita.

En la linde del bosque, no muy lejos de allí, había un muchacho sentado junto a una hoguera que planeaba vengarse de la gente que lo había boicoteado. Tenía el rostro oculto bajo una capucha y los ojos oscuros y clavados en las llamas. Sus dedos rozaron la caja por culpa de cuya posesión lo habían encarcelado en una ocasión.

Ahora estaba ansioso por terminar con todo. Por acabar de una vez por todas con este engaño.

Un anciano le sujetó un hombro con una mano.

—Los encontraremos, hijo. Será un triunfo glorioso.

—Sí, padre —dijo el muchacho, apresurándose a ocultar la caja de su vista.

El hombre sonrió con indulgencia y luego se volvió hacia los demás. Anhelaba regresar a la fortaleza, a la comodidad de su cama..., pero los rumores que les habían llegado de que la bruja por fin rompería las reglas y podrían atraparla eran demasiado buenos como para dejarlos pasar por alto. Alcanzó su jarra y se unió a los demás en oración.

No vio cómo se le había torcido la boca al muchacho cuando se había alejado. Ni la expresión de repugnancia que se había apoderado de sus facciones cuando su padre lo había tocado. No vio cómo el corazón del muchacho se había vuelto de piedra. Si lo hubiera hecho, tal vez hubiera sospechado lo que albergaba aquel corazón oscuro, y cómo prometía que el triunfo sería suyo y únicamente suyo…

6

La ciudad (recientemente) vetada de Colina Taimada

Uno de los recuerdos más felices de Dalia era aquella vez que uno de los experimentos que la abuela Flora realizaba con sus pociones había salido mal y había terminado haciendo chocolate. Hasta aquel momento, Dalia consideraba que aquello había sido la felicidad casi absoluta. Volando sobre Susurro por encima de lagos plateados y surcando en ella una extensión aparentemente infinita de cielo despejado, la niña no podía dejar de sonreír.

Estaba casi congelada, el pelo se le había convertido en un casco nudoso lleno de excrementos de una paloma que la había elegido como diana, y Teófilo no había dejado de refunfuñar un solo minuto, sin embargo era completa y absolutamente feliz.

Bueno, o lo fue hasta que una lluvia de flechas llameantes pasó junto a su escoba y estuvo a punto de hacerla caer del susto. Gritó y se aferró a Susurro con todas sus fuerzas.

—Solo son flechas de advertencia. Parece que la Armada real controla el espacio aéreo de esta zona... Tendremos que aterrizar frente a las murallas de la ciudad —dijo Morgana, pasando a toda velocidad junto a ella—. No nos dejarán cruzarlas a vuelo. Será mejor hacerlo a pie, y continuar volando cuando tengamos alguna pista sobre el paradero del vidente de lo olvidado.

Con el corazón aleteando de miedo, Dalia siguió a Morgana intentando mantenerse apartada de las llamas anaranjadas que brotaban de los motores de Punki. Dalia todavía notaba el corazón en la garganta. Veía a los arqueros con sus flechas llameantes en lo alto de las murallas. Se dirigieron a la muralla exterior de la ciudad y aterrizaron lejos de ojos curiosos.

—Por estos lares son un poco quisquillosos con la magia —le explicó Morgana—, y vernos montadas en escoba solo serviría para sacarlos aún más de sus casillas. Por el momento, lo mejor será pasar desapercibidas.

Dalia asintió, aunque aún tenía el corazón acelerado.

—Guardaré las escobas en mi despensa para que no les pase nada... Es mejor que el ejército no sepa quiénes somos.

Dalia asintió, aunque no soltó la peluda bolsa de viaje en la que seguía escondido Teófilo.

De camino a las murallas de la ciudad se oyó el agudo y reconocible grito de pánico procedente del equipaje, lo que resultaba un tanto alarmante.

—¡Ay, **mi madre!** Ay, tía **endemoniada.** Teodora, *¿***por qué** *tuvizte* que maldecir a *todoz loz colbatoz* con tu **avaricia?**

Dalia sabía por experiencia que Teófilo solo se ponía así cuando detectaba una magia potente aproximándose y se asustaba muchísimo. Lo que, por cierto, pasaba cada vez que su hermana Camelia hacía amago de entrar en su dormitorio.

Pero no le dio tiempo a preocuparse de por qué el monstruo se estaba comportando así, porque Morgana dijo «Problemas» en tono resignado cuando un muchacho alto y delgaducho, vestido con una larga toga marrón decorada con tres flechas doradas en el pecho, rodeó la muralla y se las quedó mirando boquiabierto, aparentemente por la sorpresa. Tenía una melena muy lisa, rubia casi como si le hubieran cubierto de paja el cráneo, y el rostro, pálido, lleno de granos. Hizo la señal de Vol uniendo las manos y apuntando al cielo con los dedos corazón y meñique de ambas. Entonces, sin que ellas pudieran evitarlo, vociferó:

—¡BRUJAS! —A lo que le siguió de inmediato—: ¡HERMANOS! ¡ESTÁN AQUÍ! —Y salió corriendo, probablemente a buscar a los demás.

—Era un Hermano de Vol, ¿verdad? —preguntó Dalia, horrorizada, al verlo marcharse.

El problema con los Hermanos de Vol era que nunca

venían de uno en uno. En ese sentido se parecían a las cucarachas.

Morgana asintió, se pellizcó el puente de la nariz como si tuviera migraña y dijo:

—Me temía algo así... Esperaba que tuviéramos más tiempo.

—¿Qué se temía? —preguntó Dalia, cuyos ojos seguían la misma trayectoria que había tomado el Hermano de Vol—. Esto..., ¿no cree que deberíamos huir de aquí?

—No, todavía no. —Morgana frunció los labios y rebuscó en un bolsillo de su túnica, del que sacó un disco de bronce del tamaño de una galleta grande y plana.

Dalia miró de reojo, por encima del hombro de Morgana, y vio que el disco estaba equipado con una gran aguja de cobre y que parecía una brújula, aunque las direcciones hacia las que apuntaba parecían más absurdas que geográficas. Una de las posibilidades era «*Giro de guion*», mientras que otra sugería «*¿Una taza de té?*», y otra decía, «*Si estuviera en tu pellejo, echaría a correr*», y otra que advertía «*Aquí hay dragones*», y una que parecía compadecerse del viajero con un «Tendrías que haberlo visto venir».

En aquel momento, la aguja apuntaba a «Tendrías que haberlo visto venir».

Morgana suspiró con resignación.

—Así que eso era.

Dalia arrugó el ceño.

—¿Qué es esa cosa?

—Ah, ¿esto? —preguntó Morgana—. Es una librújula, la conseguí en la ciudad de Biblioburgo. Aparentemente sirve para catalogar novelas, pero a mí me resulta útil en la vida. Mira, echa un vistazo —dijo, y se la pasó a Dalia.

Mientras Dalia contemplaba aquel extraño objeto con pinta de brújula, una voz grave, procedente de detrás de ellas, dijo arrastrando las palabras:

—Vaya, vaya, ¿a quién tenemos aquí? Pero si es

Morgana Vana. Menuda sorpresa. Morgana Vana pillada en el acto de acceder a la ciudad vetada de Colina Taimada, por lo que parece. Bien, bien.

Se volvieron y se toparon con un hermano calvo y corpulento cuyos ojillos, como guijarros negros, brillaban con regocijo. Junto a él había varios Hermanos de Vol más, entre otros, el joven con el que se habían topado antes.

El hermano corpulento vestía algo distinto a los demás: su toga marrón tenía un círculo rojo en el centro y las tres flechas doradas que contenía apuntaban al cielo. Dalia supuso que aquello debía distinguirlo como algún tipo de hermano superior.

—¿Ciudad vetada? —preguntó Dalia, mirando a Morgana, sorprendida.

No podía creerse que la bruja las hubiera llevado a sabiendas a una de las zonas a las que las personas con poderes mágicos tenían prohibido el acceso.

—Recientemente vetada —agregó el hermano del círculo rojo. Se permitió esbozar una sonrisilla siniestra que contradijo las palabras que pronunció a continuación—: No somos monstruos, hemos concedido a los antiguos residentes una semana para recoger sus pertenencias... Pero sí, ahora está vetada, y estáis violando el veto en el primer día en que es oficial...

A Morgana le refulgieron los ojos.

—Antiguos residentes... que a consecuencia del veto se han quedado sin lugar adónde ir. ¿Expulsados de sus hogares porque el único crimen que han cometido es ser distintos a vosotros?

El hermano resopló.

—Bueno, si por diferentes te refieres a peligrosos..., sí, son diferentes. Es lógico mantenerlos apartados. Así que no podemos permitiros marchar. Seguro que entiendes nuestro dilema.

—Y vosotros el mío —dijo Morgana con voz atemperada, lo cual la hacía sonar más amenazadora si cabe—. Al fin y al cabo, viajo acompañada de una niña, y espero que entendáis que no me gustaría que se sintiera amenazada. Me vería obligada a reaccionar un poco..., ya sabéis.

—¿Reaccionar un poco cómo? —El hermano calvo frunció el ceño.

—De manera poco afortunada para vosotros...

El hermano palideció levemente, como si su bravuconería previa se hubiera esfumado.

—Bueno, verás, es que incumplir la ley tiene consecuencias.

—¿Ah, sí? —dijo Morgana.

—Hay reglas que ni siquiera usted, señora Vana, puede seguir negando —espetó—. Soy el alto maestre de los Hermanos de Vol, y usted está arrestada, bruja, por intentar acceder a una zona vetada.

—Comprendo —dijo Morgana, cuando el joven hermano de la piel acneica y el pelo rubio se acercó con un par de grilletes de hierro que parecían brillar con una luz extraña, casi mágica.

Dalia frunció el ceño al contemplarlos. Le parecieron raros. Cuando cayó en la cuenta, reprimió un grito.

—¡Esos grilletes están encantados!

—Bueno, es que ¿cómo pretendes que retengamos a una bruja si no? —rezongó el alto maestre.

Algunos de los hermanos que lo rodeaban se echaron a reír.

Desde el interior de la bolsa, Teófilo murmuró con tristeza:

—*Ezto ez* un **poquito raro, ¿no?** O *zea, lez* da miedo que haya **magia** en el mundo, pero ¿no *lez* da miedo *uzarla?*

—Shhhh —susurró Dalia y sacudió la bolsa, pero lo cierto es que coincidía con él.

Oyó que Teófilo respondía:

—Solo lo comentaba...

Morgana le dedicó al alto maestre una sonrisa trémula.

—Fascinante. Pero, verá, yo también tengo reglas. Reglas que debo seguir. Reglas sobre la justicia, la libertad, contra el abuso... Reglas, en definitiva, que protegen a aquellos que tengo a mi cargo.

Sobre ellos un trueno sacudió el cielo, que se ensombreció al instante. El ruido era ensordecedor y muy cerca de donde estaban cayó un rayo que calcinó el suelo.

El alto maestre dio un respingo. Los bordes de su toga exhibían marcas de quemaduras.

—Bueno —dijo, tragando saliva y con los ojos como platos—, estabais a punto de entrar en Colina Taimada. No me queda más alternativa que arrestaros a las dos.

La bruja le sostuvo la mirada un rato, y sus ojos negros brillaron en la repentina oscuridad.

—Creo que eres consciente de que incluso en los momentos más oscuros y desesperados siempre hay una alternativa si te esfuerzas en buscarla. Aunque simplemente se trate de elegir cómo proceder. Por ejemplo, si estuviera en tu lugar, yo elegiría arrestarme solo a mí. Esa sería una opción a la que yo, por ejemplo... —movió una mano, y todos los hermanos se retrajeron—, no tendría ninguna objeción que poner. —La sombra de una sonrisa asomó a sus labios.

El alto maestre se aclaró la garganta.

—Pero tengo que...

Un nuevo trueno rasgó el cielo, y un segundo rayo salió disparado de él, avivando una pequeña hoguera a centímetros de los pies del hermano. Esta vez no saltó, pero uno de sus carnosos mofletes se contrajo de furia, y se le escapó un ruido grave, casi sibilante.

—¿Disculpe? Creo que no le he oído bien.

La miró.

—Supongo que podemos dejar marchar a la niña..., con una amonestación.

Al resto de hermanos les pareció bien.

Morgana asintió.

—Sí, creo que será lo mejor. —Luego enderezó la columna y dijo—: Muy bien. —Entonces el cielo sombrío volvió a ser crepuscular y el ruido de los truenos cesó inmediatamente cuando dio un paso al frente para que pudieran arrestarla.

Si Dalia hubiera mirado la librújula que tenía en las manos, no le hubiera sorprendido ver que la aguja ahora apuntaba a «*Giro de guion*». Pero no la estaba mirando, pues se encontraba ocupada contemplando a Morgana y a los hermanos con expresión horrorizada.

—¿Qué? ¡No! —exclamó Dalia.

El alto maestre dio un paso al frente y se apresuró a cerrar los fulgurantes grilletes en torno a las muñecas de Morgana.

—¡No puede permitir esto! —exclamó Dalia.

Era evidente que los hermanos temían a Morgana, quien acababa de oscurecer el cielo y de provocar truenos

y rayos. ¿Cómo podía Morgana Vana —la bruja más poderosa de todo Starfell— permitir que la apresaran?

Dalia sacudió la cabeza.

—Le acompañaré..., igual nos podemos fugar. No creo que puedan retenernos mucho tiempo...

—¡No! Yo iré, pero tú no —dijo Morgana en un tono severo que no daba lugar a réplica. Morgana se agachó y le susurró al oído—: Lo siento, creía que tendríamos más tiempo. Busca la casa de los Aveces en el distrito de Aguasosa. Es una de las casas mágicas más antiguas de la zona. Ya se habrán mudado, como hacen todos los olvidentes, pero busca pistas de adónde puede haber ido su hijo Víctor.

—¿Cómo lo sabe?

A Morgana se le nubló la mirada un instante, pero luego la clavó en Dalia y parpadeó.

—Confía en mí. Busca la casa de la puerta amarilla y el jardín raro... Estoy segura de que te llevarán hasta él.

—¡Vamos, bruja! —la llamó el alto maestre.

Morgana asintió. Miró a Dalia y dijo:

—Puedes con esto. —Y Dalia la observó alejarse, seguida de los hermanos.

—¡Espera! —gritó Dalia, y el corazón se le aceleró dolorosamente de miedo mientras seguía a Morgana—. ¡No voy a poder hacerlo sin usted!

Morgana levantó una mano para darle una palmadita en el hombro y uno de los grilletes se le soltó de la muñeca.

—Lo vas a hacer bien.

El hermano que la escoltaba contuvo un grito. Morgana lo miró con algo que casi parecía simpatía, se encogió de hombros y cerró el grillete que se le había abierto.

—No te preocupes, me lo puedo sujetar.

Dalia se quedó boquiabierta.

—¡Ni siquiera funcionan con usted! —boqueó—. ¿Por qué los acompaña cuando podría resistirse?

—A veces hay que hacer las cosas bien —respondió Morgana.

El alto maestre dio la sensación de henchirse de orgullo al escucharla.

—Así se habla.

—¡Pero esto no está bien! ¡Estas reglas tan estúpidas las han impuesto ellos, no nosotras! Ni siquiera hemos entrado en Colina Taimada, así que no hemos incumplido ninguna regla. ¿Cómo puede consentir esto? ¿Cómo voy a seguir el viaje sin usted?

—No te preocupes. Así es como debe ser. Recuerda, Dalia: la preparación hace la perfección. —Alzó la vista al cielo y asintió—. Y, si lo piensas, un poquito de *lluvia es necesaria para revelar lo que necesitas.*

Dalia miró al cielo, pero no vio lluvia. ¿En serio aquel era el mejor momento para que la bruja perdiera la chaveta?

Morgana la miró. Estaba muy seria y, por un instante, Dalia pensó que estaba a punto de decir algo sensato, algo que explicara por qué había decidido abandonar la misión y dejar que un puñado de sacerdotes locos y fanáticos, a los que Dalia estaba segura de que Morgana podría derrotar perfectamente si decidía luchar contra ellos a pesar de que la superaban en número, se la llevaran. ¡Cómo no iba a poder con ellos si había hecho caer un rayo del cielo!

—La despensa —dijo Morgana.

A Dalia se le desorbitaron los ojos de incredulidad pura.

—¿La despensa?

—Sí. Siempre que me siento perdida, voy allí. Tiene algo que saca las respuestas a la luz. Puede que sea porque siempre hay comida, que suele calmarme. Me atrevería a decir que, si le das una oportunidad, te ayudará en tu búsqueda.

Dalia parpadeó. La bruja estaba loca de atar. ¿Cómo escobas se suponía que eso iba a ayudarla?

Giró sobre sus talones y encaró al alto maestre.

—¿Adónde la llevan? —preguntó.

Por un instante pensó que no iba a contestarle, pero entonces le dedicó una mirada divertida, como si la respuesta fuera más que evidente, y sofocó una risilla. Las rechonchas mejillas se le sonrosaron solo de pensar en que se estaba llevando allí a Morgana Vana.

—A Volkana, por supuesto.

Dalia palideció. El monasterio oculto de Volkana era una fortaleza, toda una leyenda. La habían creado hacía miles de años con el fin de proteger a los hermanos de las personas que poseían poderes mágicos. Había quien decía que la había construido el mismísimo Vol para que cualquier persona por cuyas venas corriera la magia no pudiera encontrarla, ni aunque la tuviera delante de las mismísimas narices. ¿Cómo podría rescatar a Morgana de allí?

Dalia contempló horrorizada cómo los hermanos y Morgana se alejaban y se iban haciendo pequeños, cada vez más pequeñitos cuando cruzaron las puertas, bajaron por la colina y desaparecieron de su vista.

Dalia dejó la bolsa en el suelo y reprimió las ganas de gritar. Hacía apenas una hora estaba embarcada en una misión para salvar el mundo con la bruja más poderosa de todo Starfell. Ahora había perdido a la bruja y no tenía ni idea de cómo entrar sola en la ciudad vetada, encima su única compañía era la del monstruo de debajo de la cama.

Ni siquiera tenía a mano a Susurro, su nueva y reluciente escoba, porque estaba guardada en el portal-despensa de la bruja, lo cual venía a significar que si de milagro descubría dónde se encontraba el vidente de lo olvidado (y ese de *milagro* era un de *milagro* enorme), la bruja no tenía un plan de verdad más allá de buscar pistas en una casa vieja. El olvidente podía estar en cualquier parte de Starfell...

Se llevó las manos a la cabeza y gruñó:

—Esto no es complicado, Morgana. ¡Es imposible!

Teófilo asomó su verde cabeza peluda por el borde de

la bolsa, pestañeó para que se le acostumbraran los ojos a la repentina luz del día y preguntó:

—¿A *caza* de quién ha dicho que **tenemoz** que ir?

Era evidente que se encontraba más a gusto cuando estaban solos. Aunque como buena criatura amante de la oscuridad, prefería pasar la mayor parte del tiempo dentro de la bolsa.

Dalia suspiró y se levantó. Desmoronarse no iba a servirle de nada: con eso no iba a conseguir que la bruja regresara.

—A la casa de los Aveces, por lo visto. La antigua residencia familiar del vidente de lo olvidado.

El greñudo pelaje verdoso del monstruo pasó del color lima al zanahoria en cuestión de un instante.

—¿Y la *caza eza eztá* ahí dentro, en la **ciudad** en la que *cazi noz* **arreztan** por intentar entrar? —dijo, señalando con una zarpa peluda la muralla color granito.

—Sí.

Dalia miró la librújula, que aún sostenía en la palma de la mano y cuya aguja apuntaba a «Tendrías que haberlo visto venir», y negó con una sacudida de cabeza.

7

Amora Hechizo

Dalia recogió la bolsa con un suspiro.

—Igual hay un trocito de muralla que no esté vigilado... —murmuró, inspeccionando visualmente el perímetro.

Al acercarse vio, sin embargo, que había un buen montón de soldados apiñados para contemplar el éxodo de magos y brujas. Por no mencionar a los que sí estaban trabajando y vigilaban las murallas. La ciudad era impenetrable.

—Eso no pinta bien.

Desde dentro de la bolsa se oía a Teófilo simpatizar:

—**Ya te digo.** Ni *ziquiera* te ha dejado la capa... ¡Qué *lechez vamoz* a hacer ahora!, ¿eh?

Dalia puso los ojos en blanco. Ella se refería a que no pintaba bien que estuvieran haciendo registros.

—Gracias, Teófilo.

Al colbato claramente le parecía más preocupante

que Morgana los hubiera dejado sin acceso al suministro de comida que el verdadero problema: que tenían que maravillárselas para entrar en una ciudad fortificada sin que nadie se diera cuenta.

Mientras se hundía en la miseria, Dalia se fijó en un carro tirado por burros cargado con telas que se acercaba a la entrada. Lo conducía un hombre corpulento con un imponente bigote con forma de manubrio. Se detuvo a unos cuantos metros de ellos, impidiéndoles prácticamente ver nada.

Los guardas solicitaron al hombre que se identificara de alguna manera y Dalia le oyó decir:

—Servicio de lavandería. Al duque le gusta que le laven la ropa interior en Lael... Ya sabes lo que se dice de los elfos y la limpieza...

—¿El qué se dice? —preguntó el guardia.

—¿Ah, no lo sabes? Bueno, dicen que se les da bien...

—Pensaba que ibas a hacer un chiste.

—¿Y por qué lo pensabas?

—Bueno, es que cuando alguien dice «Ya sabes lo que dicen sobre los elfos y la limpieza...», a eso suele seguirle un chiste.

—¿Estás llamando a los elfos chiste o algo así?

El guardia y el carretero empezaron a discutir. El hombre del servicio de lavandería dijo no sé qué sobre la discriminación élfica y de que su bisabuela tenía sangre de elfo y...

Dalia dejó de escuchar cuando la patita verde de Teófilo salió de la bolsa de viaje y le dio un toquecito.

—*Zi* de verdad *quierez* entrar ahí, igual *podemoz montarnoz* en *eza coza* y *ezcondernoz* debajo de un montón de *trapoz* o algo azí, ¿no? Bueno, lo digo por decir...

Aparentemente estaba contemplando la escena por un agujerito en la bolsa, así que Dalia solo veía de él un ojillo verde y brillante.

Dalia lo observó fijamente, boquiabierta.

—¿Qué?

Miró por detrás del carro y se acercó un poco más. El monstruo tenía razón. Los guardias estaban distraídos con el carretero del servicio de lavandería, al que le estaba costando explicar por qué sus documentos tenían mordidas (parecía, del burro). Así que mientras los hombres estaban ocupados, Dalia se escabulló tras el carro y acarició la cabecita verde de Teófilo para agradecérselo.

La respuesta a su gesto fue un leve ronroneo al que le siguió rápidamente un aclaramiento de garganta cuando la chica le preguntó:

—Teófilo, ¿estabas ronroneando?

Del interior de la bolsa surgió un siseo horrorizado:

—¡*Loz* colbatoz no ronronean!

—Pero tú acabas de ronronear.

—Que NO zoy un gato.

De la parte superior de la bolsa comenzaron a elevarse volutas de humo y Dalia tuvo que ahogar una risa.

—Perdona, me habré equivocado.

Luego asió la bolsa y la metió a hurtadillas en el carro mientras Teófilo murmuraba con amargura y en voz baja:

—*Zoy* el monstruo de debajo de la cama, no *zoy* ningún gato... —Mientras ella lo ocultaba bajo un montón de ropa.

—Shhh —susurró Dalia, deseando con todas sus fuerzas que nadie los hubiera visto.

Por fin oyeron al carretero del servicio de lavandería decir:

—¿Sabes?, cuanto más tiempo nos quedemos aquí discutiendo, más probable es que el duque piense que habéis estado revisándole la ropa interior...

Muy poco después, las ruedas del carro entraron rodando en la ciudad vetada de Colina Taimada. Dalia se asomó por un huequecito entre los montones de ropa mientras burlaban la vigilancia de los guardias con el corazón en la garganta.

Un poco más tarde, cuando el carro se detuvo y la

costa pareció despejada, salió a hurtadillas, bolsa peluda en mano. Cuando se dispuso a escabullirse, oyó que el carretero del servicio de lavandería decía:

—Oye, ¿qué haces? Más te vale no estar robándole los calzoncillos al duque.

Y Dalia echó a correr, culebreando por un laberinto de calles empedradas.

Cuando por fin se le calmó el pulso y estuvo segura de que estaban a salvo, se detuvo y miró bien a su alrededor. Cientos de casas grises y altísimas, mucho más altas que anchas, se agolpaban serpenteando alrededor de la colina sinuosa, y sus ventanas relucientes parecían mirarla con un brillo malvado. Y justo en lo alto de la colina, envuelta en una bruma oscura y nebulosa avistó unas murallas de piedra gris custodiadas por arqueros.

Dejó la bolsa en el suelo al tiempo que un grupo de personas que se dirigían al mercado pasaron junto a ellos.

—Ojalá tuviera una capa, o algo así, para pasar más desapercibida.

—Creo que en realidad *llamaríaz máz* la atención —observó Teófilo por el agujerito de la bolsa.

Dalia tuvo que reconocer que tenía razón, porque la mayoría de los transeúntes que pasaron junto a ellos vestían parecido a ella. Algunos incluso peor. Y en ese preciso instante, un anciano con más manchas de edad que pelo pasó corriendo a su lado. Llevaba una capa viejísima y harapienta y cargaba un morral hecho jirones. Lo acompañaba un anciano gato gris que también parecía un poco vapuleado.

—Vamos, Gárgara, que aquí ya sabemos que no nos quieren.

—Disculpe —dijo Dalia, que se acercó a él un poco a regañadientes, sobre todo cuando le dedicó una mirada amarga. Se aclaró la garganta—: Esto, perdóneme, ¿por casualidad sabe dónde puedo encontrar la casa de los Aveces? Me han dicho que vivían en el barrio de Aguasosa en Colina Taimada.

El hombre la miró, rezongó y murmuró algo en voz baja.

—Lo siento, no... —dijo Dalia.

El hombre rezongó de nuevo.

—Pues sí que deberías sentirlo. La familia Aveces tuvo la sensatez de mudarse hace años... Nunca creí que en mi ciudad pasaría algo así. Primero nos dijeron que TENÍA-MOS que vivir aquí, ¿y ahora nos dicen que nos tenemos que MARCHAR? Es que no tiene ningún sentido. Llevamos años viviendo aquí tan felices, intentando sacar lo mejor en las peores situaciones, pagando nuestros impuestos..., contribuyendo. No nos merecemos esto, no hemos hecho nada malo —dijo, y entonces se alejó con los hombros hundidos como si cargara en ellos el peso del mundo.

Dalia experimentó una punzada de lástima por aquel hombre cuando se dio cuenta de que debía de ser uno de los habitantes con poderes mágicos a quienes habían obligado a abandonar su hogar.

—Debe de ser un mago.

—*Zí,* lo *máz* **probable** *ez que zea* un mago — coincidió Teófilo cuando un grupo de chicas pasó junto a ellos.

Una de las chicas tenía una cascada de relucientes rizos rubios y llevaba una cesta con bollitos glaseados. Se quedó estupefacta al ver a Dalia hablando en alto y, por lo que parecía, sola. Su expresión pasó de la estupefacción al disgusto cuando se fijó en la peluda bolsa de viaje de Dalia. La chica cruzó la mirada con sus amigas, y al pasar a su lado se convirtieron en una erupción de risillas y susurros. Dalia recogió la bolsa y las siguió, aunque después de que se hubieran reído de ella no era precisamente lo que más le apetecía.

—Perdonadme —las llamó.

Se volvieron, sorprendidas, y la de los rizos rubios enarcó una ceja clarita.

—Lo siento, pero no nos interesa lo que sea que estés vendiendo.

Una de las otras chicas se echó a reír de nuevo. Pero dejó de hacerlo en cuanto Dalia le dedicó LA MIRADA. Dalia inspiró hondo para calmarse. Siendo hermana de Camelia, era algo con lo que tenía mucha experiencia.

—No estoy vendiendo nada. Pero me preguntaba si alguna de vosotras sabe dónde queda el barrio de Aguasosa...

A la chica rubia se le contrajo el rostro en una mueca de desdén.

—¿Y qué se te ha perdido en ese barrio? Me han dicho que van a empezar a demolerlo... En mi opinión, demasiado están tardando.

A Dalia se le ensombreció la mirada.

—Mucha gente tiene sus hogares en ese barrio...

La chica se encogió de hombros.

—Ya no. ¿No te has enterado de las nuevas reglas? Ahora somos una ciudad vetada, no se permite aquí la presencia de gente con poderes, así que han empezado a echar a la chusma. —Entonces calló un momento y sonrió con malicia—. Aunque, claramente, se han dejado a unos cuantos —dijo, contemplando el vestido de Dalia con desdén.

Una chica pelirroja que no había acompañado a las demás en sus risas la reprendió:

—¡Caterina!

Dalia cerró los ojos un segundo y contó hasta tres. Empujó la cabeza de Teófilo, que había empezado a asomar, enfurecida, de la bolsa, de nuevo hacia adentro. Lo oyó murmurar:

—*Lez* voy a *enzeñar* yo lo que *ez* la *chuzma...*

—¿Me podéis decir dónde queda, por favor? Es importante —dijo Dalia.

La chica pelirroja contestó:

—Si sigues por este camino y giras a la izquierda a la altura del río, encontrarás el barrio de Aguasosa un poco más adelante. Y, bueno..., ten cuidado.

—Gracias —dijo Dalia y dedicó una sonrisa de agradecimiento a la muchacha. Entonces recogió la bolsa, enfiló calle arriba y escuchó a las muchachas discutir cuando se marchó.

—No sé qué bicho te ha picado, Mabel. Llevas unos días rarísima. Desde que me cogiste el vestido la semana pasada.

—¡Que ya te he dicho que no te lo cogí yo!

—¿Y entonces dónde está? Porque lo último que recuerdo es que te lo probaste el lunes por la noche.

Dalia dobló la esquina y sus voces se acallaron. Aún oía los murmullos de Teófilo procedentes de la bolsa.

—¿Por qué me *haz* empujado la cabeza? Habría podido darle *zu* merecido.

—Gracias, Teófilo, lo sé... Pero solo quiero que encontremos lo que necesitamos y podamos salir de esta ciudad sin llamar la atención... Y tú, por desgracia, desapercibido precisamente no pasas.

El colbato se tomó aquello como un halago y le pasó un bollo con glaseado de limón que le había sisado a la chica rubia. Dalia sonrió y dio un mordisquito del único trocito libre de pelos antes de devolvérselo.

Las nubes grises amenazaban lluvia y el sol estaba bajo en el cielo cuando Dalia encontró el barrio de Aguasosa, y la sorpresa la obligó a detenerse. Era un pueblo flotante que serpenteaba siguiendo el surco del río. Algunos de los palafitos que lo componían estaban un tanto maltrechos, con su popurrí de materiales, pero eran coloridos y estaban pintados de diferentes tonos calabaza, amanecer y zafiro, como si sus inquilinos se hubieran esforzado al máximo porque el barrio resultara lo más alegre posible. Suspendidas en el aire, como por arte de magia, había luces que aún arrojaban reflejos ambarinos sobre el agua. Dalia pensó que era un buen intento de combatir el nombre del barrio. Y no pudo evitar recordar que Morgana y su madre se habían criado allí.

Mientras recorría los palafitos, el sendero que bordeaba el río se ensanchó, entonces vio que algunas de las casas flotantes más antiguas eran ligeramente más grandes, tenían claraboyas, también amplios embarcaderos y muebles de jardín que se diseminaban por las orillas. A medida que iba adentrándose en el barrio las casas se iban convirtiendo en casas normales construidas sobre el suelo, lejos del agua. La mayoría, sin embargo, estaban vacías y tapiadas. A Dalia, Aguasosa le recordó a un pueblo fantasma, un pueblo que hasta los fantasmas hubieran abandonado a toda prisa. Las puertas estaban descolgadas de las bisagras y la mayoría de los muebles abandonados por la calle, como si sus propietarios hubieran decidido que era más seguro huir a toda prisa que volver a por ellos.

En el preciso instante en el que Dalia se estaba preguntando si todos los residentes se habrían marchado, una vieja bruja con el pelo largo, grasiento y una verruga en la barbilla salió de repente de una casa de piedra cubierta de musgo. Iba cargada con un variado surtido de objetos domésticos que depositó en una carretilla que había por allí cerca y que ya estaba sobrecargada. Se tiró del pelo largo, castaño y greñudo.

—Las pociones, que no se te olviden las pociones —murmuró, y entró corriendo en la casa para sacar el resto de sus cosas sin ni siquiera reparar en Dalia.

Estaba claro que la bruja estaba al tanto de la nueva normativa y se apresuraba en recoger sus cosas y largarse de allí antes de que los Hermanos de Vol vinieran a llevársela por estar de manera ilegal en un barrio recientemente vetado.

Dalia dejó la bolsa en el suelo con el ceño fruncido. La vieja bruja tenía algo que le recordaba a alguien, aunque no sabía a quién. Y había dicho algo de pociones... En Starfell no había muchos fabricantes de pociones... Pocos disponían del poder necesario. Se acercó un poco más al carro, curiosa.

—¿*Ze* puede *zaber* qué *eztáz* haciendo? —preguntó Teófilo.

—No lo sé. Igual me equivoco, pero puede que esa sea la antigua socia fabricante de pociones de mi abuela —respondió, pasando la mirada del carro a la casa en la que la bruja había desaparecido de su vista—. Me parece que la vi una vez cuando era pequeña. Se parecía un poco a ella... Mi abuela decía que allá donde hubiera problemas, siempre estaba Amora Hechizo.

Se volvió hacia el carromato y arrugó la nariz al ver sinuosos rabos de ratas y frascos llenos de unas cosas que parecían globos oculares, garras mugrientas y recortes de uñas de pies. Aquellos ingredientes no se asemejaban en nada a los que usaba la abuela Flora.

De repente, en el interior de la bolsa peluda, los murmullos de Teófilo se convirtieron en agudos chillidos.

—*¡Ay, mi madre; ay, mi madre! ¡Ay, mi madre; y ay, mi tía! ¡Maldita zeaz, Teodora, maldita zeaz, entre todoz loz colbatoz!*

A Dalia se le pusieron todos los vellos del cuerpo de punta. Apartó la mano del carromato y cerró los ojos, muerta de vergüenza, cuando una voz aguda le preguntó:

—¿Te puedo ayudar con algo, cielito?

Dalia enderezó la columna y tragó saliva. Se dio media vuelta y se topó con la bruja justo detrás, quien la observaba con unos enormes ojos negros, y Dalia pensó que mirarse en ellos era como mirar un pozo vacío y sin fondo. Teófilo no era el único al que habían empezado a entrechocársele las rodillas.

—¿O es que lo único que quieres es robar cosas que no te pertenecen? —susurró.

A Dalia estuvieron a punto de salírsele los ojos de las órbitas.

—Yo no... Solo estaba buscando...

A la bruja se le ensombreció la mirada.

—Ibas a ponerte las botas, ¿a que sí?

Dalia sacudió la cabeza a toda velocidad.

Un leve aroma a humo comenzó a emanar de la parte superior de la bolsa de viaje.

La bruja olisqueó. Luego procedió a estudiar a Dalia atentamente con la cabeza ladeada.

—Lo que estás buscando es una poción, ¿no? ¿Una poción de amor, cielito? —preguntó, levantando un par de cejas despeluchadas que se curvaban en los extremos. Le dedicó una sonrisa de encías desdentadas en un intento de transformarse en la viva imagen de la amabilidad ante la perspectiva de una venta.

Dalia sacudió la cabeza, entonces la bruja frunció el ceño y la sonrisa desapareció. Algo que la abuela Flora le había dicho una vez flotaba en su mente: «La única fabricante de pociones lo suficientemente boba como para toquetear los asuntos del corazón es la vieja Amora Hechizo, aunque lo más cerca de tocar un corazón que ha estado jamás ha sido provocar alguna taquicardia con sus pociones... Je, je, je...».

—¿Usted es Amora Hechizo, verdad? —preguntó Dalia.

La bruja la miró con suspicacia.

—¿Quién lo pregunta?

—Creo que usted conocía a mi abuela... Pasó una vez por casa cuando yo era pequeña, después de que tuviera el accidente.

—Ah —dijo la bruja y se enderezó ligeramente, recorriendo a Dalia con sus ojillos suspicaces del color de la tinta—. ¿Y tu abuela quién es?

—Flora Musgo.

Cuando pronunció el nombre de su abuela en alto, una parte de la mente de Dalia esperó, como si estuviera a punto de recordar algo importante, pero una parte mayor y más potente se cerró en banda, igual que una maleta y alguien se hubiera sentado encima de ella. Intentó aferrarse al destello de recuerdo que había aparecido, teñido de azul y sumido en tristeza, pero era como intentar capturar el viento. Parpadeó, y de repente desapareció, perforado por el sonido de las violentas carcajadas de la vieja bruja.

—Muajajajajaja. ¿Flori Musgui? —Se moría de la risa mientras las lágrimas le caían por su larguísima nariz mientras se palmeaba una rodilla en lo que parecía un ataque de alegría.

Dalia consiguió mirarla con cierta altivez, lo que tan solo sirvió para que se riera aún más si cabe. Cuando por fin consiguió recobrar la compostura con un «Muajaja-ja, ay, dios mío, jajajajaja», tomó una honda y jadeante bocanada de aire que dejó a la vista piezas renegridas de dentadura que aún le quedaban y preguntó:

—¿Eres una de las nietas de Flori Musgui? ¿Sigue estando más loca que una cabra?

—No está loca. Bueno, no del todo —protestó Dalia. Su abuela no podía evitar confundirse a veces.

Y su respuesta no hizo más que hacerla reír todavía más.

Amora Hechizo respondió al ceño cada vez más fruncido de Dalia, secándose las lágrimas de los ojos:

—¿Bueno, y entonces quién eres? ¿Qué nieta?

Estaba claro que había oído hablar de sus hermanas. No era de extrañar cuando una hacía explotar cosas y la otra las movía, las dos con la mente. Así que con una seguridad que no sentía, Dalia declaró:

—Soy la nieta de la que no has oído hablar.

La bruja se la quedó mirando un rato, luego empezó a sonreír muy despacio.

—S-s-sí —dijo, y se acercó para examinarle el pelo, los ojos. De repente, una mano que parecía una zarpa se cerró en torno al brazo de Dalia—. Eso es justo lo que pensaba... Vienes aquí, curioseas entre mis cosas, me hablas de mi antigua socia de pociones... Supongo que me echa a mí la culpa de la explosión, ¿verdad? Pero fue única y exclusivamente culpa suya.

Dalia frunció el ceño.

—Ella dice que fue un accidente.

—Sí, así es, fue un accidente. Eso fue lo que yo le conté... No tenía derecho a cuestionarme como lo hizo...

—¿A cuestionarla? ¿Por qué la cuestionó? ¿Tuvo algo que ver con la explosión?

—¿Qué acabas de decir? —siseó la bruja—. ¿Me estás acusando de algo? No me gusta eso, eh, no me gusta ni un pelo.

La librújula que Dalia aún tenía en la mano le sugería, *«Si estuviera en tu pellejo, echaría a correr».*

Amora resopló.

—Sé exactamente qué nietecita eres. Eres la que se queda en casa cuidando de esa vieja arpía ahora que está como unas maracas. La que tiene un poder mágico un poco, bueno, soso, ¿no eres esa? La que le encuentra cachivaches a la gente... No es demasiado impresionante que digamos, ¿no?

Dalia liberó el brazo de la garra de la bruja y se frotó la piel.

—Bueno, eso depende —respondió.

—¿De qué? —preguntó la bruja.

—De lo que encuentre —dijo Dalia, y cerró los ojos y alzó una mano al cielo.

De repente surgió un resplandor y una red de pesca aún goteante, el doble de grande que Dalia, apareció en su palma extendida.

—¡Ja! —Rio entre dientes la bruja, palmeándose una rodilla huesuda—. ¡Mírala! ¿Y qué pretendes hacer con eso, niña? —resopló—. ¿Encontrarme los calcetines perdidos? ¿Asustarme de muerte los agujeros de la nariz? —Echó la cabeza hacia atrás y soltó una risotada. Sacó una pócima de su túnica y la descorchó. El líquido que contenía comenzó a emitir un resplandor oscuro, rezumando un rojo sanguinolento, y su mano se extendió hacia la boca de Dalia—. Igual tengo que enseñarte una lección sobre lo que le pasa a las niñitas que van por ahí acusando a la gente...

Dalia cerró los ojos, levantó la red de pesca al cielo y, de repente, una cascada de agua de un verde turbio se derramó del cielo en cascada, entonces un enorme pez peludo con unos dientes cortantes como cuchillas y afilados como agujas aterrizó con un chapoteó en la red y comenzó a aletear violentamente, empapándolos a todos.

La bruja retrocedió de un brinco, y sus coletazos de humor se desvanecieron en un instante. Una gotita de poción se derramó al suelo y soltó una vaharada de humo rojo oscuro.

—Este es Blublú Gluglú —dijo Dalia mientras la criatura que había dentro de la red se revolvía enloquecida—. Es un monstruo lacustre perdido y, por lo que parece, podría darte una leccioncita si quisiera —explicó, acercándoselo a la bruja, quien gritó cuando voló hacia ella exhibiendo sus dientecillos como agujas.

Amora se cayó sentada en el carromato, intentando esquivar al pez,
y en mitad del ajetreo Dalia agarró la
bolsa de viaje de la que Teófilo no había
salido y, siguiendo el consejo de la librújula,
salió corriendo de allí.

8

La casa de los Aveces

Dalia aminoró el paso solo cuando estuvo lejos y a salvo en una calle sinuosa bien dentro del distrito de Aguasosa.

—Vieja bruja espantosa —exclamó, inspirando grandes bocanadas de aire—. Mi abuela solía ser la mejor fabricante de pociones de todo Starfell antes de aquel accidente...

Pensó en lo raro que había sido que Amora se mostrara tan reservada al respecto... ¿Habría tenido algo que ver?

—¿*Ezo* fue *antez* de que *ze puziera* el pelo verde?

—preguntó Teófilo desde la bolsa mientras Dalia continuaba recorriendo calles que se iban ensanchando en avenidas con jardincitos que se convertían en amplias praderas.

Dalia se dio cuenta de que aquella debía de ser la parte más señorial y antigua del barrio.

—Creo que sí —respondió Dalia, quien se detuvo para

asomarse a unos cuantos jardines. Aquí y allá las casas tenían nombres y placas. Pero no veía ninguna puerta amarilla, tampoco ningún jardín parecía raro, solo descuidados y un poco asilvestrados.

De repente detectó un brillo extraño por el rabillo del ojo. Se volvió a mirar, aunque no vio nada. Entonces, cuando retomó la marcha, pasó junto a un estrecho camino en forma de herradura que discurría entre dos casas y, al fondo, vio algo brillante y amarillo a la luz del crepúsculo. Era una puerta.

Se detuvo.

—¿Crees que esta es la casa? —susurró y se asomó al largo camino de tierra, donde, a lo lejos, se distinguía algo que casi parecía una casa.

—**Quizá** —dijo Teófilo.

Miró la librújula, que en aquel preciso instante no era de demasiada ayuda, porque sugería «¿*Una taza de té?*».

Ambos enfilaron por el sendero oscuro y cubierto de maleza, y Dalia miró por encima del hombro por si había alguien observando. No quería tener otro encontronazo como el que había tenido con Amora Hechizo, eso estaba claro. Pero no vio a nadie.

A medida que se acercaban iba siendo cada vez más evidente que la casa era vieja y estaba en ruinas. La pintura azul estaba descascarillada y la puerta de la entrada era amarilla. El jardín parecía descuidado, invadido por las malas hierbas. Cuando estuvo más cerca, vio que bajo las ventanas había decenas de teteras de colores ancladas a la pared, a modo de extrañas macetas, en las que crecían plantas trepadoras.

—Tiene que ser esta —suspiró.

Intentó abrir la puerta, que estaba cerrada, entonces rodeó la casa y pasó entre varias piezas de mobiliario viejo que alguien había desechado. Parecía que hiciera años que nadie pasaba por allí.

La puerta trasera estaba descolgada de las bisagras, y tras un pequeño forcejeo consiguió abrirla un poco.

Dentro, la casa olía a humedad y abandono. Estaba

empezando a oscurecer, pero detectó signos de que había sido una casa familiar: un viejo sofá color mostaza con una pata rota en una esquina que los pájaros usaban como nido. En las paredes, vio retratos de ancianas y ancianos diminutos de pelo cano y de un joven que sonreía sosteniendo una planta. Se detuvo a mirarlo de cerca. «Bueno, esto es un poco raro», pensó. La planta tenía graciosos ojillos que parpadeaban. ¿Sería aquello a lo que se refería Morgana? Caminó por el pasillo, pisando sobre trozos de vajilla y rozándose contra cortinas polvorientas y muebles que comenzaban a desintegrarse. Quien fuera que hubiera vivido allí parecía haberse marchado hacía años...

Se asomó a un dormitorio que tenía pinta de haber pertenecido a los padres del chico. No había nada más que una cama vieja y combada y un armario vacío. Salió y cruzó la última puerta, entonces se detuvo. Por un instante creyó que había salido de la casa y acabara de entrar en el jardín. Sin embargo, en una inspección más detallada se dio cuenta de que era otra habitación, llena de decenas de macetas enormes en donde crecían plantas raras que, por desgracia, parecían casi todas muertas. Habían perdido el brillo y la piel, y sus hojas de extraños colores se habían marchitado. Una de las paredes estaba cubierta desde el suelo hasta el techo con dibujos y esbozos de otras plantas. Pisara donde pisara, bajo sus pies crujían hojas secas, plumas y flores, y en un rincón, encontró el único indicio verdadero de que aquello se trataba de un dormitorio: era una cama de madera de una plaza.

La niña se acercó a la pared empapelada de dibujos. Estos mostraban flores de aspecto extraño y plantas de todos los colores, formas y tamaños, con notas mal garabateadas en los márgenes. Por ejemplo, había una peluda planta amarilla con lo que aparentemente eran unas pobladas cejas sobre unos extraños ojos felinos. Al lado había un apunte en el que se leía: *«Le gusta la sombra. Se alimeta de arañas»*.

Había plantas azules y doradas, las cuales, según los apuntes, cantaban nanas que dormían a los niños. Otras eran translúcidas y parecía que las hubieran sumergido en acuarela. Y en la base de cada dibujo había una anotación sobre la procedencia de la planta.

Se dio cuenta de que era una colección. Quien hubiera realizado todos aquellos dibujos mostraba un gran interés en las plantas más extraordinarias y, tal vez, más mágicas.

El dibujo más grande de todos, sin embargo, era el que ocupaba el centro de la pared. Era de un árbol enorme de color azul claro. De cada rama surgían brotes de distintos colores.

*

De repente volvía a tener nueve años y se estaba escondiendo en el ático, hipando mientras lloraba con grandes sollozos, porque su madre le había dicho que no podía acompañar a sus hermanas a la Feria Ambulante de Adivinación.

—A mí me quiere menos que a ellas, eso es lo que pasa —le dijo a la abuela Flora, quien subió las escaleras con ella y se sentó junto a Dalia en un viejo banco.

—Paparruchas —respondió la abuela—. Te quiere muchísimo.

—Entonces, ¿por qué no me deja ir con ellas?

—Porque eres demasiado joven, niña. Y esas ferias no son lo que tú te crees que son. Algunas son sitios muy oscuros. Dan miedo, hazme caso. No son lugar para una niña.

—Jazmín iba con mi edad.

—Lo de Jazmín es distinto, porque puede cuidar de sí misma.

Aquello era cierto. Jazmín hacía explotar cosas. No como Dalia.

—Es porque no tengo un poder como el suyo. Se avergüenza de mí...

—No, no creo que sea eso, en realidad. Creo que tiene miedo de que si no te quedas conmigo, vuelva a hacer volar la casa por los aires.

Dalia soltó una risotada y no pudo evitar esbozar una sonrisilla. Así que eso era. Aunque para ser justos, la abuela Flora no había volado la casa entera. Solo parte del tejado. Y la habitación de invitados. Y una vez había hecho estallar todas las ventanas del invernadero.

—Vamos a hacer una cosa... ¿Por qué no preparo algo especial? Algo que no se pueda conseguir en una feria.

Dalia arrugó la nariz.

—¿Como qué?

—Como, por ejemplo... —Miró dentro de su bolsa peluda, dándose golpecitos en la barbilla con el dedo y el pelo color verde lima agitándose frente a su rostro—. ¿El elixir de la juventud eterna?

—¿Para no poder ir nunca a la feria? —se quejó Dalia—. La verdad es que eso no me va a ayudar, abuela.

—Vale, vale... De todas maneras, es difícil... La última vez me salió un poco mal.

Dalia enarcó una ceja. Lo cierto es que había salido muy mal. Para ser sinceros, la mayoría de las pociones de la abuela salían bastante peor que mal. Una vez a la señora Vieja-Bruja le había salido barba..., una barba que no dejaba de crecer por mucho que se la afeitara.

—Ah —dijo la abuela—. Ya sé, prepararemos la Tarde de Domingo Perfecta —anunció, entonces sacó de la bolsa un gran frasco de cristal lleno de flores con forma de tarta de color verde y dorado. Abrió el frasco y el aroma que le llegó a Dalia olía dulce y delicioso.

—¿Qué es eso?

—Pétalos de tarta de manzana. Son el ingrediente clave.

—¿Pétalos de tarta de manzana? —exclamó Dalia. Nunca había oído hablar de algo así.

—Ah, sí. En el bosque mágico de Susurria crecen todo tipo de cosas extrañas. Hasta los árboles son de diferentes colores... ¿Sabes?, dicen que allí fue donde se ocultó la magia cuando los Hermanos de Vol intentaron erradicarla durante la Larga Guerra... Bueno, además es el único sitio donde crecen estas flores, en el Gran Árbol de Susurria. No tiene pérdida, es el más grande del bosque y de un extraño azul muy clarito. Nunca he visto nada parecido. De él nacen todo tipo de cosas..., pero eso mejor nos lo guardamos para nosotras, ¿vale? No puedo permitirme revelar todos mis secretos..., ni tampoco los mejores sitios en los que encontrar plantas e ingredientes...

La poción en realidad no había funcionado. Por su culpa, Dalia se había pasado un montón de días cantando y dando saltitos, pero a pesar de todo habían pasado un domingo estupendo.

—Susurria —jadeó entonces Dalia. El bosque más grande y mágico de Starfell. Claro. Tenía sentido.

Muy pocas personas, aparte de las que estaban majaretas, como su abuela, se atrevían a aventurarse allí. Era un lugar impredecible que rezumaba magia: todo el mundo había oído historias de gente que había vuelto transformada tras hacer una incursión en él. Con pezuñas en lugar de pies, el pelo convertido en llamas, hojas a cambio de dedos...

Se suponía que debía de ser hermoso y colorido, pero también podía ser peligroso, sobre todo si no sabías qué estabas buscando. Parecía el escondrijo perfecto para alguien que no quisiera que lo encontraran...

Miró el dibujo del árbol, luego los demás, y se dio cuenta de que la mayoría tenían la misma anotación en la parte inferior.

—Susurria —susurró de nuevo, tocando uno de los dibujos—. Creo que ahí es adonde ha ido... y nuestra próxima parada.

De la bolsa surgió un leve gritito.

—**Ay, mi madre.**

9

El cuento del dragón

✳

—*E*z que no quiero volver a *laz Montañaz Nubozaz. Ez* que..., esto no *eztá* bien. *Ezaz rocotaz gigantez* que flotan en el cielo *zin* nada que *laz* rodee... Da miedo y te dejan de funcionar *loz ojoz*. O *zea*, a mí me *guzta* la *ozcuridad*, pero me *guzta* la *ozcuridad* cuando no te *puedez* caer al vacío.

—¿Las Montañas Nubosas? —preguntó Dalia, mirándolo con el ceño fruncido—. Pero es que no vamos ahí. —Se detuvo, sonrió y sacó la librújula, que en aquel momento apuntaba a «Tendrías que habértelo visto venir». Teófilo pasó del verde al naranja, claramente un poco enfadado consigo mismo cuando se percató de que Dalia aún no se había dado cuenta—: Ah, que por ahí es por donde se va a Susurria, ¿no?

Como respuesta se tapó los ojos con una zarpa y volvió a cerrar la cremallera de la bolsa. Dalia oyó a Teófilo maldecir su mala suerte en voz bajita y su bocaza en el idioma alto enano. También algo de ser un lastremundo, fuera lo que fuera eso.

Pero por mucho que Dalia quisiera continuar con su viaje, notó cómo después de aquel día larguísimo el agotamiento comenzaba a apoderarse de ella. Se dio cuenta de que le costaba mantener los ojos abiertos y sugirió que pararan a hacer noche. El suspiro de alivio de Teófilo fue lo último que oyó antes de quedarse dormida, abrazada a la bolsa peluda en la camita de madera y envuelta en un aire que olía levemente a flores.

Al día siguiente, cuando ya hacía bastante que habían dejado Colina Taimada atrás, Dalia y Teófilo pasaron junto a un cartel en el que se leía:

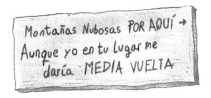

Y un poco más adelante, otro cartel rezaba:

Pero el último tal vez fuera el más amenazador de los tres, porque lo daba todo por perdido:

Dalia inspiró hondo para calmarse cuando pasó junto a él. La niebla comenzaba a besar el suelo, y Dalia notó el aire helado colarse en el interior de su capa, poniéndole de punta el vello de la nuca. La recorrió un escalofrío, aunque no creía que fuera solo por el frío repentino. Se había puesto gris y oscuro, y ya no veía dónde pisaba. Distinguía siluetas extrañas en la niebla; al acercarse a una de ellas, vio que era una roca grande que se parecía a un niño. Tragó saliva y se agarró el pecho, porque por un momento tuvo la sensación de que la estaba mirando. Sujetó la bolsa peluda con todas sus fuerzas, pasó a toda prisa junto a la roca con forma de niño y, entre las volutas de niebla, vio que habían rodeado una cordillera suspendida entre nubes que parecía flotar en el aire. «Pues esto deben de ser las Montañas Nubosas», pensó Dalia. Cuando se acercó, la niebla que los rodeaba se espesó aún más si cabe y los gritos aterrados de Teófilo se intensificaron:

—¡Ay, mi madre! ¡Ay, mi madre! ¡Ay, tía *avaricioza*! ¡Maldita *zeaz* Teod**ora** ! ¡Maldita, mil *vezez* maldita! Me VOy a morir con una *trizte* pieza de fruta en la tripa!

Dalia se asustó más. Los chillidos del monstruo estaban adquiriendo un tono ensordecedor. Pensó que nunca lo había visto tan atemorizado. Ni siquiera cuando habían aparecido los Hermanos de Vol o Amora Hechizo.

—¿Qué pasa? —preguntó, entrecerrando los ojos para poder ver en la niebla.

Teófilo tiritó con fuerza y cerró la cremallera de la bolsa verde y peluda a cal y canto.

Dalia sacó la librújula del bolsillo y se quedó pálida.

—Ay, madre. Dice: «*Aquí hay dragones*» —susurró. Le empezaron a temblar las rodillas. De la bolsa de Teófilo brotó un leve **Ups**.

Entonces, entre los remolinos de niebla, una voz que parecía el viento aullando en una noche helada la corrigió:

—Dragón.

—¿Disculpe? —tartamudeó Dalia, que consiguió avanzar un paso incluso con sus rodillas temblorosas, entrecerrando los ojos para distinguir entre los remolinos de niebla.

—Un solo dragón, en singular —dijo la voz, silbando en sus oídos. Sonaba un poco triste.

Dalia notó que algo suave se deslizaba junto a su rostro y tragó saliva, nerviosa. Un solo dragón ya era suficiente. La bolsa temblona que sostenía le indicaba que Teófilo no podía estar más de acuerdo con ella.

—Yo..., yo no sabía que siguiera habiendo dragones en Starfell —contestó Dalia, con la esperanza de que, tal vez, si seguía parloteando, decidiera no comérselos.

—No quedan muchos, solo yo y... —dijo la voz, y se quebró ligeramente al hacerlo.

—¿Y quién? —preguntó Dalia, y se acercó un poco.

Entre la bruma, distinguió la COLOSAL silueta de un dragón similar a una montaña en sí mismo. Lucía un plumaje azul índigo que parecía emitir un brillo perlado, iridiscente, hasta la cola espinosa parecía cubierta de pequeñas plumas color azul oscuro. Estaba enroscado en torno a un largo huevo de plata dorada que tenía aproximadamente el tamaño de Teófilo. Cuando se acercó a él, giró la enorme cabeza y la enfocó con un tristísimo ojo dorado.

—Una niña humana —dijo con una expresión que casi parecía una sonrisa compuesta de multitud de colmillos blancos, relucientes y afilados.

Dalia tragó saliva y consiguió asentir.

El dragón la miró.

—¿Cómo te llamas?

—Da-Dalia.

—A mí me llaman Emplumado. Durante muchos años me creí el último dragón nuboso, hasta que encontré a Truena, mi pareja —explicó. Una gran lágrima color zafiro comenzó a brotar del rabillo del ojo del dragón y aterrizó en el huevo—. Pero ya no está —dijo, entonces desplomó la cabeza sobre el huevo con aire bastante abatido.

—¿Y por qué no está? —preguntó Dalia, que no pudo evitar sentir un poco de lástima por la criatura.

—Yo debía cuidar del huevo —respondió y le dio un suave toquecito con una afilada garra con pinta de gema. Su voz se asemejaba al gemido lastimero de una cañería rota.

»Estaba previsto que el huevo rompiera el cascarón la semana pasada. Truena fue a cazar para que tuviéramos comida suficiente para cuando lo hiciera, pero... no lo hizo. Dalia contuvo un grito.

—¿Qué pasó?

—¡No me acuerdo! —exclamó, levantando la cabeza del huevo—. Intento recordarlo, lo intento y lo intento, pero no lo consigo. No consigo recordar nada de lo que pasó aquel día. Y cuando se lo dije a Truena, se enfadó tanto que quemó la ladera entera de una montaña —añadió con pesadumbre—. Y, mira, el huevo... está vacío, aunque no sé qué puede haber pasado. Antes no estaba vacío, y no recuerdo que hiciera eclosión —dijo.

Otra lágrima se deslizó por su hocico y aterrizó con un fuerte chapoteo junto al pie de Dalia, dejándoselo completamente empapado.

Dalia sintió una tristeza desesperante. Miró el huevo que el dragón seguía acunando y se le avivaron los ojos. Se acercó un centímetro y le apoyó una mano en la punta del ala.

—¿Fue el martes pasado? —le preguntó.

Su ojo dorado pestañeó con lentitud.

—¿Cómo lo sabes?

En la mente de Dalia, delante de sus ojos se perfiló un gigantesco sombrero morado con una larga pluma verde, entonces su abuela le volvió el rostro y notó cómo algo duro y doloroso se retorcía en su estómago. Allí había algo, algo que intentaba captar su atención. Se mordió el labio y se sacudió de la cabeza aquella extraña estampa.

—Creo que alguien lo ha robado...

—¿El qué ha robado? —preguntó el dragón.

—El día.

Levantó la cabeza del suelo.

—¿Alguien ha robado el día? Pero ¿cómo? ¿Quién? ¿Quién podría hacer algo así?

Dalia sacudió la cabeza.

—No lo sé, eso es lo que estoy intentando averiguar. No es usted el único. Nadie se acuerda de qué pasó el martes pasado. Todos los recuerdos de ese día han desaparecido. Es como si se los hubieran llevado... —Se lo pensó un poco y dijo—: Pero la cosa va más allá. No son solo los recuerdos. En realidad es todo.

—¿A qué te refieres?

La niña miró el huevo.

—Es peor de lo que me había imaginado...

Y sí lo era. Porque con el martes habían desaparecido los nacimientos, las muertes, las bodas, los funerales, las discusiones, las cosas grandes y las pequeñas, todos esos momentos increíblemente especiales y también los mundanos, que son los ingredientes de la receta de un día cualquiera y que lo convierten en otra cosa, en algo bastante extraordinario cuando te paras a pensarlo, como Dalia estaba haciendo en aquel momento. De repente vio el significado y el increíble valor que podía tener un día cualquiera. No lo que pasa en un día concreto, sino cómo un día informa al siguiente y le otorga significado y estructura, y lo que ahora implicaba que hubiera desaparecido sin más...

Sus pulmones se olvidaron de respirar cuando se percató de algo. ¿Qué no estaba recordando? ¿Y por qué cada vez que lo intentaba veía el sombrero de la abuela Flora? ¿Qué significaba eso?

El dragón levantó su inmensa cabeza y en sus ojos titiló la esperanza.

—Si lo han robado, ¿se puede recuperar?

—No lo sé, eso es lo que estoy intentando averiguar.

El dragón la miró, asimiló lo pequeña que era, el estado del vestido viejo, raído y desparejo que llevaba puesto, la red de pescador sujeta por un cinturón de soga y la bolsa de pelo verde que tenía a los talones.

—¿Tú? —preguntó.

No parecía haber candidata menos indicada para encontrar el martes que Dalia Musgo.

La chica se encogió de hombros.

—Sí. Tengo que intentarlo. Soy la única que lo sabe y puede hacer algo al respecto, ¿sabe?

El dragón se la quedó un rato mirando. Por fin dijo:

—No eres la única que lo sabe.

—¿Perdone?

—No eres la única que sabe que se ha perdido, ya no. Me lo has contado a mí, y me gustaría ayudarte si me dejas.

Dalia parpadeó.

—¿Me ayudaría?

Emplumado hizo tamborilear levemente las garras sobre el huevo.

—Si estás en lo cierto, entonces las cosas quizá terminen de otra manera.

Dalia asintió.

—Puede que lo hicieran.

El dragón se dispuso a sentarse con movimientos muy lentos y la montaña que los rodeaba comenzó a retumbar y sacudirse a causa del movimiento. Dalia retrocedió repentinamente con un tambaleo por culpa de la inestabilidad del suelo que la sostenía.

—¿Qué tenemos que hacer? —preguntó el dragón.

—¿Sabe cómo llegar a Susurria? —dijo.

—Sí.

—Y ¿puede llevarme?

—Puedo…, si tú puedes llevarme esto, por favor —respondió y le tendió el huevo.

Era más o menos del tamaño de Teófilo, quien no se sorprendió cuando Dalia abrió la bolsa y lo depositó en su interior. Por el borde superior asomó un ojo que pasó del verde al calabaza y volvió al verde al tomar conciencia de la enormidad de Emplumado. Sonrió tímidamente, luego estiró los bracitos y agarró el huevo, le dio una suave palmadita y lo abrillantó un poco, después cerró la cremallera desde dentro a toda prisa.

Cuando Emplumado alzó la vista de la bolsa para mirar a Dalia sorprendido, ella advirtió:

—Mejor no pregunte.

Asintió y se agachó para que pudiera subirse a su lomo, colocando las piernas tras las uniones de las alas. Colocó la bolsa de viaje entre las rodillas y se abrazó al cuello del dragón, aunque no conseguía rodearlo del todo.

—Agárrate fuerte —dijo la criatura.

Del interior de la bolsa se escuchó el característico «¡Ay, mi madre! ¡Ay, mi tía maldita» cuando Emplumado dio un par de zancadas para coger carrerilla que hicieron estremecer la montaña, provocando una avalancha, y despegó.

10

El vidente de lo olvidado

Mientras se elevaban más, más, cada vez más en el cielo, los chillidos aterrorizados de Teófilo, con sus «¡Ay, madre! ¡Ay, mi madre! ¡Ay, mi tía endemoniada! ¿Dónde *eztará* mi *eztufa?* ¡Ay, Teófila, qué hiciste?», se apoderaban del aire.

Una parte de la mente de Dalia gritaba sus propios «¡Ayyy, madreee!». Una cosa era volar en Susurro y otra muy distinta hacerlo a lomos de un dragón gigante que sobrevolaba amplias cordilleras y anchos ríos sinuosos en menos de lo que ella tardaba en cerrar los ojos. De hecho, tardó un buen rato en poder abrirlos. Cuando lo hizo, tuvo que contener un grito, aunque en aquella ocasión no fue un grito de miedo. El viento era helado y cortante, pero las vistas eran espectaculares: veía las Montañas Nubosas flotantes, a lo lejos un bosque vasto y colorido.

Susurria.

No se parecía a nada que hubiera visto antes. En los bosques que rodeaban su hogar, en Nieblrisa, todos los árboles eran prácticamente iguales: hojas verdes, corteza marrón y, de tanto en tanto, alguna flor bonita. Aquí las hojas eran de diferentes tonos de azul eléctrico, rosa atardecer, naranja fuerte y magenta vivo. Era como si alguien hubiera volcado una caja de pinturas sobre el horizonte. No daba crédito a lo que veía. Era como si los dibujos de la habitación del vidente de lo olvidado hubieran cobrado vida.

—¿Estáis bien ahí arriba? —preguntó la voz de Emplumado.

—S-s-sí —respondió Dalia, quien sintió una leve congelación cuando atravesaron una nube. Se estaba dando cuenta de que volar a lomos de un dragón era igual de emocionante que hacerlo a lomos de una escoba.

Levantó los brazos al cielo, un segundo después la vieja manta raída de su abuela, verde y marrón, apareció como un rayo del cielo. Dalia agradeció poder envolverse en ella, y aunque sabía que iba a tener que volver a «perderla», le reconfortó el calorcito.

—*Zi eztuvieraz* en caza, ahora *mizmo eztaríaz* haciendo la colada —comentó Teófilo, mirando a lo lejos con el ojo que asomaba por la cremallera. Tenía el ceño fruncido y el pelaje color sopa de guisantes. Tragó saliva con cara de enfermo.

Ella sonrió de oreja a oreja.

—Lo sé.

—A mí me *guztan loz díaz* de colada —masculló—. Porque *zuelez* dejarme dormir y no me *metez* en *bolzaz apeztozaz hechaz* de pelo ni me *ponez* a volar *zobre condenadaz beztiaz enormez* y *emplumadaz.*

Emplumado ignoró las quejas de Teófilo.

—¿A qué parte de Susurria? —preguntó con aquella voz profunda y chirriante como una bisagra.

—Supongo que podríamos empezar por buscar el árbol.

—¿En un bosque? —El dragón lo dijo como si riera. Su voz tenía un tintineo como de carrillón.

—Creo que es azul y muy grande. —Observando el bosque, vio que había árboles de todos los colores—. Esto es una locura —añadió con un suspiro y se preguntó cómo iban a encontrarlo rodeados por tantos árboles de colorines.

Cuando estuvieron más cerca del bosque, sin embargo, Emplumado suspiró:

—Igual tu propuesta no es tan descabellada. Mira —anunció, ladeando la cabeza a la izquierda.

Dalia miró. Un árbol enorme se imponía sobre todos los demás del bosque. Era del mismo tono de azul del vidrio marino y del ancho de varias granjas puestas una junto a otra. Era tan alto que llegaba hasta el cielo y estaba cubierto de blanquísimos torbellinos de nubes. Posada en lo más alto del árbol, había una casita de madera completamente rodeada de nubes. Daba la sensación de que flotara en el aire, pero Dalia oyó el leve crujir de los pilotes que la sostenían mientras oscilaba levemente en el aire. Al acercarse, Dalia vio que bajo las ventanas colgaban teteras de las cuales brotaba una amplia variedad de plantas, iguales a las que había visto en Aguasosa.

—¡Esa debe ser la casa del vidente de lo olvidado! —exclamó, señalándola con un dedo.

Emplumado asintió y voló a la cumbre de aquel gigantesco árbol. Aterrizó en una rama del tamaño de un camino ancho, lo que hizo que el árbol temblara y se sacudiera.

Dalia desmontó del lomo de Emplumado, con las rodillas temblorosas, sujetando la bolsa de viaje con todas sus fuerzas.

Emplumado inclinó la cabezota azul.

—Vaya, es una manera algo extrema de evitar un poquito de compañía. ¡Mira!

Aunque a Dalia le parecía que considerar que un dragón enorme era un «poquito» de compañía igual se quedaba corto, vio que la criatura estaba en lo cierto. Un hombre alto y espigado, vestido con harapos raídos y llenos de agujeros de los que brotaban extrañas plantas estaba huyendo de la casa con todo lo que podía cargar, como un juego de té y un gran perro marrón con una lengua de la longitud de un cazo para servir sopa, encajado bajo la axila. Pero el pobre hombre había salido corriendo en dirección contraria y estuvo a punto de estamparse contra Dalia antes de alzar la vista.

—¡Recórcholis! —exclamó, tambaleándose sobre los talones y soltando la tetera, que vertió su contenido por doquier. Tenía los ojos, azul clarito, abiertos de par en par y una melena cana, larga y crespa, que lo hacía parecer un anciano, aunque probablemente fuera algo más joven que el padre de Dalia. Era el joven del retrato, el que posaba abrazado a la planta que parpadeaba. Solo que ya no era ningún joven.

—Esto..., ¿perdón? —amagó Dalia, aunque para nada era su culpa que hubiera estado a punto de llevársela por delante.

El hombre retrocedió instintivamente un paso como si Dalia pudiera morderle. Abrió la boca, pero no la cerró. Dalia se dio cuenta de que llevaba puestas casi todas las prendas de ropa que poseía, incluyendo una pajarita con forma de pájaro volando. También tenía más bolsillos de los que su delgaducha silueta podía albergar y todos estaban abultados, algunos llenos de retoños de plantas y otros que parecían mirarlos con interés. Dalia hubiera jurado que un zarcillo frondoso la saludaba.

En aquel preciso momento, el hombre se palmeó la frente y sus ojos pasaron del azul al blanco y de nuevo al azul en cuestión de un instante, por eso Dalia se estaba preguntando si se lo habría imaginado cuando el hombre se echó a reír con una sacudida de sus hombros huesudos.

—Mi viejo dormitorio, los dibujos...

Y tú lo has

deducido —dijo con una risilla de admiración, entonces Dalia no supo si había tenido una visión o él también lo había deducido. Sin embargo la sonrisa que exhibía no tardó en desvanecerse cuando miró más allá de Dalia y sus ojos se enfocaron en Emplumado. Se le puso la cara color ceniza, se le desorbitaron los ojos y silabeó en silencio la palabra «dragón» justo antes de desplomarse de espaldas como un peso muerto, desmayado.

—¡Ay, la leche! —soltó Dalia.

Sacó la librújula del bolsillo, que la reprendió con un «Tendrías que habértelo visto venir».

—Me pasa mucho —explicó Emplumado, encogiendo una de sus colosales alas azules—. Los humanos de ahora se desmayan cada vez que nos ven. Como si los dragones nubosos pudieran comer humanos. ¿Te imaginas? —dijo con lo que parecía un deje de repulsión.

—Puaj —dijo Dalia, que no reconocería ni muerta que eso era precisamente lo primero que se le había pasado por la cabeza cuando lo había conocido.

—*Puez* yo no me he *dezmayado* —respondió una voz procedente de la bolsa peluda.

Emplumado miró la bolsa y dijo:

—Creo que no nos han presentado.

La bolsa empezó a temblar y de ella surgió un leve **«Ay, madre»**.

—Es Teófilo —dijo Dalia—. Es un poco tímido.

A aquello le siguió un largo jadeo, acto seguido una cabeza peluda color mandarina y orejas puntiagudas asomó de la bolsa, con los ojos color calabaza llameando de ira.

—No **zoy** tímido. ***Zolo*** le tengo **un poquitito de miedo** a *eza beztia* **enorme** y **cubierta de** *plumaz* —se defendió, señalándolo con una larga garra mohosa—. **Que** no come *humanoz,* dice. **Pero que** yo *zepa* de no **comer** *colbatoz* **no ha dicho nada...,** **¡pero** *ezo* no me **convierte en tímido!** —resopló, cruzándose de patas. E inmediatamente volvió a encerrarse en la bolsa.

Por lo que parecía, había pocas cosas peores que ser un monstruo tímido.

—¡Discúlpeme usted! —dijo Emplumado, que estaba haciendo un verdadero esfuerzo por no reírse.

Del suelo brotó una risa. El vidente de lo olvidado abrió los ojos de par en par, aunque los tenía raros, de un blanco casi lechoso. Dalia movió una mano frente a su rostro, pero no obtuvo respuesta. Un segundo después, le sorprendió la violenta carcajada que hizo erupción de su cuerpo inmóvil, algo bastante desconcertante sobre todo teniendo en cuenta que seguía con los ojos blancos. Otro segundo más y volvieron a ser azules y dijo:

—¿El Blublú Gluglú? ¿En la cabeza?

Se sentó y soltó al perro, que seguía sujeto bajo su brazo pero había conseguido dormirse.

Dalia lo miró. ¿Acababa de ver sus recuerdos?

De repente dejó de reír y posó la mirada en Emplumado, y sus grandes ojos azules se entristecieron inmensamente.

—¿No llegó a romper el cascarón?

Emplumado asintió, con el ojo dorado abatido.

Al hombre se le llenaron los ojos de lágrimas.

—Vaya, qué... Lo siento mucho.

Parpadeó, se le volvieron a poner los ojos en blanco y se quedó otra vez fuera de juego.

—Esto no puede ser bueno para él —comentó Dalia.

—**¿Cómo *ze laz* ha apañado para no *caerze* del árbol?** —preguntó Teófilo.

Dalia vio que un ojillo, ahora verde, observaba toda la escena por el agujerito de la bolsa peluda.

—Buena pregunta —respondió Emplumado.

—¿El martes? ¡Recórcholis! —dijo aquel hombre torpón, cuyos ojos seguían opacos.

—¿No os parece que no está bien? —preguntó Dalia.

—***Eztá clarízimo*** —murmuró Teófilo.

Un sonoro ronquido brotó del hombre torpón, seguido de un resoplido del perro, que abrió un ojo soñoliento, se dio media vuelta e intentó volver a dormirse. Entonces el hombre volvió a sentarse repentinamente y prosiguió con la conversación, como si no se hubiera desmayado varias veces en menos de cinco minutos.

—¿El martes ha desaparecido? —exclamó.

—¿Cómo lo sabe?

—He visto tu recuerdo. Bueno, eso es lo que hago, veo el pasado.

Dalia asintió. Morgana se lo había explicado. Sin embargo, no había mencionado lo peligroso que parecía para él.

—¿Y por eso se ha desmayado? No sabíamos si estaba bien o no.

Se levantó con cara de que le hubieran hecho el máximo agravio e hizo amago de sacudirse, lo cual dispersó montoncitos de vegetación por todas partes, haciéndole parecer aún más harapiento si cabe.

—¡Yo no me he desmayado en mi vida!

Dalia pestañeó.

—Esto, pero...

—Te acabas de desmayar —comentó Emplumado.

—**Por lo *menoz trez vecez*** —confirmó Teófilo—. **Parecía** como *zi **eztuvieraz*** en algún sitio ***diztinto*** de la copa de *ezte* árbol y también como *zi* te *hubieraz **dezmayado*** un poquito —comentó.

—Yo no me desmayo.

—Va-vale —dijo Dalia e intercambió una mirada de incredulidad con Emplumado y el sorprendido ojo color mandarina de Teófilo.

—Tengo visiones —añadió el vidente de lo olvidado, moviendo una mano en el aire, pero volvió a chocarla con la tetera, entonces un chorro de té frío se desparramó por todas partes—. Ay —dijo y dejó la tetera en el suelo—. Las visiones me hacen desconectar temporalmente del presente. Y bueno, supongo que parece que me desmayo, pero es una cosa del todo diferente.

—Ah, *vizionez,* zí, muy *diztinto*, claro que *zí* —resopló Teófilo.

—Teófilo —dijo el hombre—, un colbato..., ¿o eso le dices a todo el mundo, no?

Teófilo se aclaró la garganta.

—*Zoy* colbato por parte de madre...

—Pero tu padre. O sea, tu padre es...

—¡Que NO *zoy* un gato! —rezongó Teófilo. De lo alto de la bolsa comenzó a salir humo. El humo iba acompañado de refunfuños—. Hoy en día no *ze rezpeta* a *loz monztruoz.* Yo *zoy* el *monztruo* de debajo de la cama —resopló.

El vidente de lo olvidado sonrió.

—Y yo soy Víctor Aveces —dijo—. Encantado de conoceros, Dalia, Emplumado y Teófilo.

Dalia se quedó boquiabierta.

—¡Ostras, que sabe cómo nos llamamos!

Se encogió de hombros.

—Forma parte de ver el pasado. Este es Humberto —dijo, señalando al perro dormido.

—Es muy mono —dijo Dalia, mirando a la criatura peluda.

Del interior de la bolsa brotó un nuevo gruñido. Todos la miraron.

—*Loz perroz* le *guztan* a todo el mundo... *Loz colbatoz* a nadie...

—¿Queréis entrar? —preguntó Víctor Aveces y señaló la gran casa del árbol de la cual hacía apenas unos minutos intentaba huir—. No creo que quepa un dragón, no obstante... —sonrió a Emplumado—, justo afuera hay una rama que te permitirá colocarte cerca de la ventana. Podríamos hablar de qué ha pasado con el día perdido con un té recién hecho.

A todos les pareció bien, y mientras enfilaban hacia la casa, Víctor Aveces miró a Dalia. Se le pusieron los ojos blancos, luego azules, muy rápido.

—¿Fue a vivir con vosotros cuando tú tenías cinco años?

Dalia parpadeó.

—¿Mi abuela?

Él asintió, y a Dalia se le pusieron los ojos como platos.

—Sí, cuando tenía unos cinco años.

—Y desde el accidente es difícil de controlar y discute un montón con tus padres, ¿verdad?

—Preferiría no hablar de ello, gracias —respondió Dalia en un tono algo brusco.

—Ah, sí, claro, lo siento.

Un segundo después se echó a reír.

—Ja, ja... Se va a enfadar a lo grande cuando se dé cuenta de que te has llevado su bufanda favorita.

Claramente era imposible tener secretos con Víctor Aveces.

—¿Estaba huyendo porque nos vio? —preguntó Dalia.

—Sí. Huyo cuando detecto que se acercan humanos. Me ahorra tiempo —explicó con una sonrisa ligeramente avergonzada.

Dalia no supo distinguir si estaba intentando ser sincero, pero, bueno, teniendo en cuenta lo que Morgana le había contado sobre los videntes de lo olvidado, concretamente lo de que solían terminar muertos por ir aireando los secretos de la gente, tal vez lo estuviera siendo.

El sol comenzaba a ponerse, tiñendo el cielo de rosa, púrpura y dorado, y los faroles que flotaban mágicamente en el aire se iluminaron cuando se acercaron a la casa del árbol. En casi todas las ramas había macetas en las que crecían plantas rarísimas, carillones y objetos colgantes que resplandecían a la luz de los faroles. Las nubes se abrieron y dejaron a la vista algo que a Dalia le parecieron unos peldaños que daban a la casa, pero que, en realidad, eran rocas de varios tamaños suspendidas en el aire a varias alturas.

Subió por los peldaños de roca e intentó con todas sus fuerzas no mirar hacia abajo. Era la casa más rara que había visto en su vida. Sobre los delgados pilotes de madera que la sostenían, se extendía un porche invadido de macetas en las que crecían plantas extrañas, algunas de las cuales parecían tener pelo y otras estar mirándola fijamente.

Siguió a Víctor Aveces por la puerta hasta una habitación completamente empapelada de dibujos y esbozos botánicos, justo igual que el dormitorio de su infancia. La habitación se disponía en torno a un gran escritorio de madera, rebosante de tazas de té sucias, plumas y curiosos aparatos que parecían zumbar. Tocó uno de ellos, rosado y suave, y dejó de emitir el ruido que hacía, parpadeó y dedicó una mirada de reproche a Aveces con un par de ojillos como pasas.

—Son pelusónicos —explicó—. Detectan si se acercan humanos u otro tipo de intrusos.

Dalia se fijó en que uno de los tarros contenía pétalos de tarta de manzana y dio un gritito de alegría.

—¿Sabes lo que son? Son muy poco comunes, a veces crecen en el árbol. Y bastante inofensivos, la verdad, para tratarse de Susurria. Prueba uno.

Dalia le hizo caso: sabían a tarta de manzana calentita. En un rincón del cuarto, había una alegre cocina con estantes de madera pintados de amarillo. Albergaban una imponente colección de teteras —un centenar, al menos, calculó Dalia— y un montón de tazas y platitos de todos los tonos de cielo, ciruela y amarillo canario. No entendía para qué quería una sola persona tantos juegos de té. Junto a una amplia ventana, había una cama de madera cubierta por una manta raída hecha de retales azules y amarillos en la que Víctor Aveces depositó a Humberto.

—Bienvenidos —dijo y abrió la ventana para que Emplumado pudiera asomarse desde la rama en la que se había posado.

—¿Té de pimienta? —le preguntó al dragón.

—Ah, sí, hace siglos que no lo tomo. Me apetece mucho, si no te importa.

—No es molestia —dijo Aveces, agarró un cubo para Emplumado, bajó del estante una tetera color cielo y se dirigió hacia la cocina. Se escuchó un estallido cuando la tetera se hizo añicos al estrellarse contra el suelo, seguido del golpetazo que se dio Víctor Aveces al caer de espaldas, con los ojos azules de repente blancos y nublados.

—¡Otra vez no! —gritó Dalia, y corrió a arrodillarse junto a él e intentó despertarlo.

—¿Qué ha pasado? —preguntó Emplumado, que intentaba asomarse por la ventana, aunque su enorme ojo dorado ocupaba prácticamente el marco entero.

—¡Se ha vuelto a desmayar!

Humberto se levantó de la cama y despegó la lengua de la colcha, no sin esfuerzo. Aterrizó en el suelo con un golpe y procedió a ponerse a aullar al ver la desgarbada silueta de Víctor Aveces rodeada por esquirlas de vajilla rota. Eso, al menos, explicaba por qué tenía tantas teteras.

—No pasa nada, Humberto —dijo Dalia, dando una palmadita al perro.

—¡Zí **que** *paza!* —rezongó Teófilo—. A *ezte pazo, noz vamoz* a **morir** de **hambre.**

Transcurrió un minuto entero antes de que Aveces se revolviera, luego gritara «¡ARRESTADA!» y se incorporara a toda prisa para mirar a Dalia, algo absolutamente espeluznante porque tenía los ojos absolutamente blancos. Sus ojos volvieron a ser azules y empezó a tirarse del indomable pelo cano con ambas manos.

—¿Morgana Vana ha sido ARRESTADA POR LOS

HERMANOS DE VOL? ¿Y no se os ha ocurrido decírmelo DESDE EL PRINCIPIO?

A Dalia se le abrió la boca.

—Oh. Esto, sí —reconoció—. Justo iba... estaba a punto de llegar a esa parte...

A Víctor Aveces se le salían los ojos de las órbitas.

—El martes ha desaparecido. Lo más probable es que lo hayan robado, lo cual podría provocar que nuestro mundo se fuera deshaciendo poco a poco, y la bruja más poderosa de toda Starfell ha sido arrestada, lo que implica...

La miró primero a ella, luego a Emplumado.

Dalia asintió.

—Que somos los únicos que podemos recuperarlo y salvar el mundo, sí.

—Me temía que fueras a decir eso.

Aveces volvió a desmayarse.

Dalia suspiró y comenzó a recoger el desastre. Eso fue lo que hizo. Procedía de un hogar donde todo el mundo estaba siempre demasiado ocupado dándose importancia como para ocuparse de las tareas cotidianas. Así que se le daban bien.

Bajó otra tetera del estante, esta vez una amarilla, porque sentía que necesitaban un color alegre, recogió el cubo caído y lo rellenó de té de pimienta para Emplumado. Alcanzó unas cuantas hojas de seren y decidió echarlas en la tetera de Aveces, las flores de eren eran conocidas por sus propiedades relajantes.

Depositó el cubo de té en la rama para el dragón, que lo miró con deleite.

—Es justo lo que necesitaba. He tenido un resfriado horroroso —dijo y dio un sorbito. Un segundo después de sus narinas comenzó a brotar humo—. Mucho mejor.

Ella dio un sorbito al té de seren y se sentó en un sillón. Dentro de la bolsa se oía a Teófilo sorbiendo de la taza que le había dado. Humberto, aparentemente, había decidido volver a dormirse.

A veces se sentó y se frotó la cabeza.

—No me puedo creer que la hayan arrestado —se quejó, retomó la conversación como si no hubieran pasado diez minutos enteros y se sentó en otro sillón justo enfrente de Dalia.

La chica parpadeó.

—Ah, sí, ha sido una pena.

—Pero ¿cómo? —exclamó.

—Bueno, estábamos entrando en la ciudad de Colina Tai...

—Colina Taimada, sí, entonces llegó el alto maestre.

Dalia frunció el ceño.

—Ah, ¿así que lo ha visto? Bueno, pues es que tenían unos grilletes mági...

Asintió con impaciencia.

—Mágicos, sí, pero si hubiera querido habría podido librarse de ellos.

—Sí —respondió Dalia, despacio y con el ceño fruncido. Era evidente que podía ver el recuerdo de lo que había ocurrido por sí mismo.

Aveces la miró primero a ella, luego a Emplumado.

—A lo que me refiero es a que... ¿cómo han podido arrestar a Morgana Vana? ¿Cómo puede haberlo permitido? Habría podido enfrentarse a ellos sin problema.

—¿Es muy poderosa? —preguntó Emplumado.

Dalia asintió y pensó en cómo le había arrancado rayos y truenos al cielo.

—Dudo mucho que hubieran podido arrestarla si ella no hubiera querido. No sé por qué lo permitió. De verdad que no lo sé. Pero lo que sí sé es que este era su plan. Quería que viniera a buscarlo. —Entonces lo miró—. Creía que tal vez pudiera ayudarnos.

Se le desorbitaron los ojos.

—¿Yo?

Dalia asintió.

—Dijo que hasta que no supiéramos quién se había llevado el día, no podía tratar de invocarlo. Antes necesitaba saber a qué nos enfrentábamos.

Víctor parpadeo varias veces. Entonces se le nublaron los ojos y se desplomó, desmayado.

Dalia suspiró, dio un sorbo a su té y se encogió de hombros ante Emplumado.

—**Eztá majareta** —dijo Teófilo, que había abierto

la bolsa y se había apoyado contra el huevo de dragón con las piernas cruzadas.

Aveces se sentó de repente.

—¿ESTUVISTE A PUNTO DE HACER QUE ACABARA EL MUNDO?

Claramente estaba recordando el momento en que había intentado invocar el día, y Morgana Vana había perdido los papeles.

Fuera, Emplumado vociferó:

—¿QUÉ?—Completamente sorprendido—. ¿Estuviste a punto de hacer que acabara el mundo?

Dalia se encogió de hombros.

—Solo a punto. —Les explicó que si traía el día a su realidad, podría haber deshecho el tejido del tiempo—. Y por eso aún no puedo ponerme a buscarlo, porque primero tenemos que saber quién lo ha robado y por qué. Así que..., ¿puede usted decirnos quién robó el martes pasado? —le preguntó a Víctor Aveces.

Él se frotó la cabeza e inspiró hondo. Le dio un sorbo a su té frío y dijo:

—No está demasiado claro y lo que estoy viendo, bueno, pues ¡no tiene ningún sentido!

—¿Ah, no? —dijo Dalia.

Emplumado parecía igual de sorprendido que ella.

—¿Y qué estás viendo?

—Algo imposible. O sea, se dice que los destruyeron todos, nadie ha conseguido encontrar uno para probar siquiera, pero...

—¿Qué?

Se levantó y comenzó a recorrer la sala en círculos. Mientras hablaba, se le iba derramando té de la taza, que iba marcando sus pasos.

—Bueno, es que cada vez que intento visualizar algo del martes en concreto, veo cosas rarísimas. Pero hay algo que veo una y otra vez. —Gesticulaba con las manos, haciendo que el té se derramara por todos lados—. Y es raro, porque normalmente hay mucho, demasiado, en realidad, que ver. Pero ahora solo hay un vacío enorme, y más allá todo está blanco y a lo lejos hay algo escrito a mano y muy antiguo oculto en una cajita dorada dentro de una fortaleza vigilada por guardias.

—¿Como una carta? —preguntó Dalia.

Aveces la miró.

—No, como un hechizo. Un encantamiento perdido.

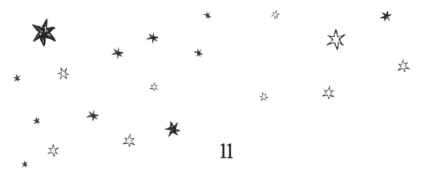

11

Los encantamientos perdidos de Starfell

Dalia miró a Aveces boquiabierta. No era posible. No podía ser. Eran un mito. Una leyenda.

—Pero destruyeron los encantamientos perdidos durante la guerra hace mil años —exclamó.

Aveces negó con la cabeza.

—No todos, por lo que parece.

Dalia se maravilló. Llevaba toda la vida oyendo historias de los antiguos hechiceros de Starfell. ¿Quién no las había oído? La primera vez que le contaron lo que les había pasado a los antiguos hechiceros fue poco después de descubrir su propio poder mágico... y la verdad es que se puso un poco triste.

—Deja de llorar, niña. ¿No te das cuenta de la suerte que tienes?
—se burló la abuela Flora, que soltó la copita de jerez y consiguió ponerse seria... a pesar de tener el pelo color verde lima.

Dalia, que tenía seis años, resopló.

—¿Suerte? —dijo, mirándola con incredulidad. Los ojos almendrados volvieron a llenársele de lágrimas—. Me llaman Sabueso. ¡Hasta mamá me lo llama! A mi edad Camelia podía mover la cocina entera con el poder de su mente. ¿Y yo qué puedo hacer? ¿Encontrar calcetines? —lloriqueó.

—No solo encuentras calcetines. La semana pasada me encontraste el cepillo de dientes —comentó la abuela Flora.

A Dalia no le parecía que eso mejorara demasiado la cosa. Resopló de nuevo y miró al suelo.

—No es nada especial.

—¿Y qué? Sigue siendo magia, sigue siendo un don. No todo el mundo puede hacer lo que tú haces.

Dalia se rio.

—Pero no es como la magia de Jazmín o la de Camelia.

La abuela Flora la miró con dureza y sacudió la cabeza en un gesto de decepción.

—Pensaba que eras más lista, niña. ¿No te das cuenta de que eres una de las afortunadas? O sea, el simple hecho de poseer magia ya es increíble. ¿Después de todas las batallas que hemos librado? ¿De la guerra que casi perdimos? Con la cantidad de gente que murió, con lo muchísimo que tardó la magia en regresar a Starfell..., ¿y te atreves a burlarte de lo que tienes?

Dalia se quedó boquiabierta por la sorpresa.

—¿Murió gente?

—Sí. Cientos. Miles, incluso. Era un mundo distinto. En aquella época, la magia circulaba libre por Starfell, y quienes la usaban eran grandes magos y brujas que se hacían llamar hechiceros capaces de cosas increíblemente potentes. Algunos poseían más de un poder mágico a la vez.

Dalia parpadeó.

—¿En serio?

La abuela Flora asintió.

—¿Qué pasó?

—Los Hermanos de Vol temían a los antiguos hechiceros, aquellos que podían hacer lo que quisieran con su magia, cualquier cosa que quisieran, y, bueno, precisamente ese era el problema.

—No sé si te entiendo.

—Tenían miedo. Creo que casi todo el mundo tenía miedo de la magia. Incluso a día de hoy, la gente teme lo que no es capaz de comprender. Las cosas que son distintas. Pero cuando los Hermanos de Vol empezaron a decirle a la gente que la magia era antinatural, que no era un don procedente del dios de la luz, Vol, sino del de la oscuridad, Mal, el miedo comenzó a apoderarse de los corazones de la gente.

»Los hermanos no tardaron en empezar a decirle a la gente que había que erradicar este mal de Starfell. En aquella época, el reino estaba unificado bajo el mandato de un único gobernante, el rey, y consiguieron convencerlo de que tenía que actuar. *Prohibieron cualquier tipo de magia, sobre todo la escritura de hechizos, ya que los Hermanos de Vol temían que los encantamientos pudieran destruirlos a todos. Pero en un intento desesperado por preservar miles de años de magia, los magos recopilaron sus mejores hechizos y los ocultaron con la esperanza de que nunca se perdieran.*

—¿*Y funcionó?*

—*No. Los Hermanos de Vol los descubrieron y eso hizo estallar la guerra. Creían que quienes poseían poderes mágicos habían recopilado dichos hechizos para atacar a quienes no la tenían, y convencieron al rey de que fuera el primero en atacar. A causa de esto, murieron miles, y se dice que durante la batalla los encantamientos fueron destruidos.*

—*Pero ¿los antiguos hechiceros no podían defenderse usando la magia a la que la gente tanto temía?*

—*Algunos lo hicieron, sí, pero el miedo es una fuerza muy poderosa. Los Hermanos de Vol capturaron a sus familias y amenazaron con matarlos si se defendían. Muchos de los cautivos ni siquiera tenían poderes. Como ya sabes, no todos los miembros de una familia nacen con magia, así que ellos no podrían haberse defendido ni aunque lo hubieran intentado.*

Dalia pensó en su padre y asintió. Pensó en lo que haría si alguien lo capturara y amenazara con hacerle daño..., y se dio cuenta de que probablemente haría cualquier cosa que le pidieran.

—Luego hubo personas con poderes mágicos que traicionaron a los de su propia clase..., y esa parte fue la peor —suspiró la abuela Flora, que le dio un sorbito a su jerez y se quedó con la mirada perdida—. Verás, hubo algunos que empezaron a creer que lo que los hermanos decían era cierto, que la magia era un don maléfico. Les dijeron que Vol perdonaría sus pecados si colaboraban para eliminar el mal del mundo, así que ayudaron a los hermanos a destruir a los de su propia clase.

Dalia estaba horrorizada.

—Pero ¿por qué creyeron eso?

La abuela Flora sujetó a Dalia de la cara, la miró con intensidad a los ojos y dijo:

—Por miedo, mi niña. El miedo es más potente que ninguna otra magia de este mundo. El miedo es lo que te retiene a ti ahora mismo, el miedo a no ser tan poderosa como tus hermanas, el miedo a que tu don no sea especial. Pero lo es. ¿Te parece que tus poderes no son emocionantes? Bueno, pues a mí me parece que te equivocas. La magia es como la vida. Lo que cuenta es lo que haces con ella. Los Hermanos de Vol intentaron erradicar la magia de Starfell, pero no lo consiguieron. Regresó a nuestro mundo, lenta pero segura, después de un montón de siglos. Y ahora, años después, un pedacito de magia te ha encontrado. Te ha elegido a ti y te ha hecho especial. Eso que no se te olvide nunca, mi niña: que tengas poderes mágicos demuestra lo afortunada que eres en realidad.

Entonces Dalia miró a Víctor Aveces con los ojos como platos. Se había convencido a sí misma de que los encantamientos perdidos solo eran un mito, una historia sobre los antiguos hechiceros de Starfell.

—¿De verdad cree que alguien ha encontrado uno?

—Sí, y si queda uno, debe de haber más.

—***Ezo zeguro* que no *ez* bueno** —dijo Teófilo.

El ojo dorado de Emplumado se dilató.

—Yo no puedo evitar estar de acuerdo...

Víctor Aveces asintió.

Dalia pestañeó.

—Pero aunque uno de esos potentes hechizos antiguos hubiera sobrevivido, de todas maneras no funcionaría, ¿verdad? O sea, ya no quedan hechiceros, ¿no? Un mago o una bruja de hoy en día no sabría cómo usarlo.

Aveces frunció el ceño.

—Tal vez... La magia estaba aquí de antes. No se puede borrar, y si tiempo atrás nuestros ancestros podían usarla, probablemente nosotros también podamos. No estoy seguro. Pero creo que debe de haber al menos una persona, alguien que haya encontrado el modo de hacer regresar los antiguos poderes...

A Dalia se le abrieron mucho los ojos.

—¿Está diciendo que para encontrar el martes perdido vamos a tener que luchar con alguien que ha conseguido acceder a los poderes antiguos? ¿Alguien tan poderoso como unos de los antiguos hechiceros de Starfell?

Aveces también se puso un poco blanco.

—Eso me temo.

12

El jardín lunar

Pero ¿quién? ¿Quién es este mago? ¿Lo ve? —preguntó Dalia.

Víctor Aveces se pasó una mano por la despeinada mata de pelo cano y sacudió la cabeza.

—No, pero creo que sé cómo podemos descubrirlo.

Dalia miró primero a Emplumado, posado fuera de la ventana, cuyo enorme ojo dorado parpadeaba a toda velocidad ante aquella noticia, luego a Teófilo y preguntó:

—¿En serio? ¿Cómo?

Víctor Aveces sonrió.

—Como ya sabes, también soy botánico.

—¿Y qué? —preguntó Dalia.

Teófilo parpadeó.

—Te **dije** que *ezte* tipo **no** *eztaba* en *zuz* ***cabalez*** —dijo.

La pasión por la botánica de Víctor Aveces explicaba por qué aquella casa sostenida sobre pilotes estaba salpicada de plantas extrañas y por qué lo habían encontrado en el bosque mágico de Susurria, pero no, Dalia no conseguía deducir cómo eso iba a ayudarlos a entender quién se había llevado el martes perdido.

Aveces soltó un suspiro exagerado, sacudiendo la cabeza.

—El estudio de la botánica y el arte de la videncia de lo olvidado se entrecruzan desde antiguo. Los primeros olvidentes aprendieron a cultivar una serie de plantas que los ayudaban a ver fragmentos más extensos del pasado. Las raíces de dichas plantas se conectan bajo tierra, creando una larga red de memoria, y si conseguimos acceso a las adecuadas, podremos descubrir qué pasó en realidad. ¿Lo entiendes? —dijo, bastante emocionado.

Dalia, Teófilo y Emplumado sacudieron la cabeza al unísono.

Aveces volvió a suspirar.

—Las plantas no son solo cosas bonitas que crecen a la espera de que nuestros dedos las arranquen, ¿sabéis? Son más inteligentes de lo que pensamos y algunas son capaces de advertirse entre ellas si corren peligro. Algunas están siempre escuchando lo que decimos, y si das con la planta adecuada, puedes averiguar casi cualquier cosa que quieras saber.

A Dalia se le abrió la boca por la sorpresa.

—¿En serio?

Víctor Aveces asintió.

La idea que Dalia tenía de las plantas nunca volvería a ser la misma.

—¿Todos los videntes de lo olvidado pueden descubrir los secretos de las plantas? —preguntó.

A Aveces se le oscureció el rostro, dio un sorbo a su té, ya frío como un témpano, con los ojos azules entristecidos.

—Ya no. Cuesta mantener las labores de jardinería si estás ocupado huyendo para salvar tu vida —dijo con una sonrisa triste—. Somos pocos los que conservamos ese antiguo don. Yo soy uno de los afortunados, mi abuelo me traspasó todos sus conocimientos. Y en su lecho de muerte me dio una cajita que contenía las semillas de una de las plantas más especiales que se hayan cultivado jamás: la flor de la memoria. Esta flor revela un secreto a la luz de la luna antes de marchitarse.

Dalia y Emplumado alzaron la vista a toda prisa al cielo que empezaba a oscurecerse, en él se veía la luna creciente asomando entre las nubes.

—Es cierto —prosiguió Aveces—. Florecerá pronto.

Cuando cayó la noche, Dalia siguió a Aveces por un tramo de escaleras que recorría el lateral de la oscilante casa de pilotes. Había dejado a Teófilo en la casa con Humberto, para enfado del colbato.

—No te puedo llevar al tejado en la bolsa —le dijo a su lomo anaranjado—. ¿Por qué no nos acompañas andando? —añadió.

Pero, por toda respuesta, obtuvo un resoplido contrariado y una mirada de incredulidad lanzada por encima del hombro, acto seguido procedió a seguir rezongando con las patas cruzadas sobre el pecho. A todas vistas, quedarse en casa, aunque tuviera que ser con un perro, le parecía preferible a tener que salir al exterior o abandonar la comodidad de la bolsa peluda.

Siguieron subiendo cada vez más arriba, hacia el tejado de la casa.

—No te preocupes, es sólida como una roca —dijo Aveces cuando la casa dio una aterradora sacudida hacia un lado para luego volver a enderezarse.

A Dalia le temblaron las manos, pero de algún modo consiguió llegar hasta lo más alto, donde se encontró en mitad de un jardín bastante extraño. Estaba rodeado de nubes y se disponía en varios patrones de círculos concéntricos. Dalia echó a correr, emocionada, para ver qué tipo de plantas crecían en un jardín lunar. Aunque se decepcionó un poco, porque todas eran del mismo tono apagado de marrón, con hojas que caían al suelo. La verdad es que parecían bastante muertas.

—Es interesante —consiguió articular como respuesta a la expresión expectante de Aveces.

Aveces rio.

—Ahora no lo parece, pero espera. A diferencia de las plantas corrientes, que son diurnas, estas solo se muestran en todo su esplendor a la luz de la luna —explicó.

—Me cuesta imaginármelas esplendorosas —dijo Emplumado, que acababa de unírseles, y su imponente silueta emplumada se mecía en las nubes.

Aveces sacudió la cabeza y una sonrisa asomó a sus labios.

—Ya veréis.

No tardó mucho en suceder. Cuando la luna se posó sobre el jardín, las plantas comenzaron a transformarse. Crecieron, sus hojas cambiaron de forma, algunas se llenaron de franjas de colores y otras de manchas que parecían goterones de pintura derramados sobre sus hojas, les brotaron flores de un tono de blanco intensísimo, color rayo de sol, topacio y rosa eléctrico, azules y morados que proliferaban bajo la luz de la luna.

—¡Son increíbles! —dijo Dalia, y extendió un brazo para tocar los pétalos suaves y peludos de una de las plantas a sus pies. Contuvo el aliento cuando la planta se estiró a su vez para devolverle la caricia.

—El olor —dijo Emplumado, cerrando su enorme ojo

dorado con cara de deleite—. Como un ciervo fresco y jugoso en un camino de montaña despejado después de la tormenta.

Dalia cerró los ojos e inspiró.

—A mí me huele a chocolate caliente con canela y malvaviscos.

Aveces sonrió.

—Es la flor del deleite, produce el olor de lo que más disfrutas.

Emplumado planeó sobre las nubes, y sus potentes alas batieron en el aire, haciendo ondear el cabello de Dalia a sus espaldas.

—¿Y una de estas plantas nos va a decir quién ha robado el martes? —preguntó.

—Sí —dijo Aveces—. Esta —añadió y se detuvo en el centro del jardín, donde una planta verde clarito, rodeada por un círculo de piedrecitas blancas, comenzaba lentamente a transformarse.

Era más grande que las demás, aunque menos colorida. Mientras la contemplaban, las hojas verdes comenzaron a abrirse muy despacio y apareció un tallo delgado. Transparente como el cristal, el tallo se desplegó, de él brotó una flor del blanco más puro y sus hojillas cubiertas de lo que parecía polvo de oro. Abrió los pétalos, se giró ligeramente hacia Víctor Aveces e inclinó la corola a modo de saludo.

Un silencio expectante se cernió sobre ellos. Aveces la tocó y le preguntó:

—Dinos, flor de la memoria, ¿quién ha robado el martes pasado?

Dalia contuvo el aliento.

La flor comenzó a moverse, desplegando los pétalos hacia el exterior, girándose, creciendo y transformándose frente a sus ojos para adoptar la forma de un hombre joven. Su silueta se componía de ligeros pétalos de encaje. En el lugar donde debería haber tenido los ojos, había dos huecos y su pelo estaba hecho del mismo hilo dorado que cubría las frondas de la flor de la memoria. El joven vestía una larga toga en cuyo centro se distinguía lo que parecían unas flechas doradas.

El muchacho-planta los miró con aquellos ojos inexistentes y dijo con una voz parecida a una corriente de viento cruzando una puerta:

—*El muchacho al que llaman Bosco lanzó el encantamiento oculto desde el interior de la fortaleza.*

—¿La fortaleza? —se extrañó Dalia—. ¿Qué fortaleza? ¿Qué encantamiento? ¿Cómo podemos recuperarlo?

El muchacho-planta sacudió la cabeza y comenzó a disolverse ante sus ojos, convirtiéndose de nuevo en una planta. Entonces el viento desperdigó todos y cada uno de los pétalos de la planta.

Aveces suspiró.

—Ya te dije que solo responde una pregunta. —Se volvió a mirar a Dalia—. Al menos, ahora sabemos quién lo ha robado.

Dalia asintió. Alguien que se llamaba Bosco.

—Y que lo hizo con un encantamiento.

—Lo que significa que no podrás invocar el día perdido —dijo Aveces.

—¿Por qué no? —preguntó Dalia.

—La magia del encantamiento podría reaccionar con

la tuya cuando lo invoques. Es decir, el miedo de Morgana podría ser real y destruir el universo —explicó Aveces.

Dalia parpadeó, intentó ignorar la parte de su mente que estaba chillando con la vocecilla de Teófilo sus «¡Ay, mi madre!» y pensó mucho.

—¿Y si lo que hago es invocar el hechizo?

Aveces evaluó la idea.

—Mmm, sí, tal vez el rollo contenga un contrahechizo. Si a quien lo ha usado para robar el día le ha funcionado, tal vez podría funcionarnos a nosotros también. Como os decía, la magia antigua ya estaba en el mundo, así que en caso de que la encontráramos, es posible que aún podamos usarla, aunque no estoy seguro.

Dalia tenía, por lo menos, que intentarlo. De todas maneras, valía la pena probar a recuperar el rollo. Cerró los ojos y levantó la mano hacia el cielo. Lo único que tenía que hacer era intentar encontrarlo. Se concentró mucho. Pero el encantamiento no aparecía. Era como si algo le impidiera hacerse con él.

—No está funcionando. Lo siento, pero no acude a mi llamada.

Aveces contuvo un grito, como si se hubiera percatado de algo al mismo tiempo que Dalia.

Dalia abrió los ojos y susurró:

—*La preparación hace la perfección.*

¿Era posible que aquel hubiera sido el plan de Morgana desde el principio?

—¿Perdona? —preguntó Emplumado.

A Aveces se le pusieron los ojos en blanco y se desplomó. Dalia se explicó:

—Creo que sé a qué fortaleza se refería la flor de la memoria. He intentado invocar el hechizo, pero no he podido. He sentido como si algo me lo impidiera y creo que sé por qué. Es porque el hechizo está en el único lugar de Starfell al que no se puede acceder con magia: Volkana. El monasterio de los Hermanos de Vol. Es una fortaleza. Y la única manera por la cual una bruja puede acceder a su interior es si...

—Si la arrestan —terminó Aveces, sentándose. Volvía a tener los ojos azules y parecía maravillado—. ¡Era lo que Morgana quería! ¡Era parte de su plan!

—*La preparación hace la perfección* —repitió Dalia—. Tiene sentido, quería que la arrestaran para poder entrar en la fortaleza.

—Pero ¿en qué nos ayuda eso? —preguntó Emplumado—. Si nosotros no podemos entrar, me refiero. ¿Dejan pasar dragones?

Aveces negó con la cabeza.

—Creo que el acceso a Volkana está vetado para todas las criaturas mágicas.

Dalia parpadeó.

—O puede que no.

Se le acababa de ocurrir una cosa.

—¿A qué te refieres? —quiso saber Aveces.

Ella les sonrió.

—Morgana me dijo que cuando se siente perdida, mira en su despensa, que ahí es donde encuentra respuestas... —Todos la miraron impasibles, así que prosiguió—: La capa de Morgana, la que llevaba cuando se la llevaron, es un portal a la despensa de su casa. Si conseguimos llegar a la despensa, ¡podemos llegar hasta ella!

—¡Brillante, absolutamente brillante! —reconoció Víctor Aveces.

—¿Usted puede mostrarnos cómo llegar a la casa de Morgana? —le preguntó Dalia a Aveces.

—Mmm, me temía que fueras a pedirme eso —dijo Aveces y volvió a desplomarse de espaldas.

Dalia se sacó la librújula del bolsillo. En aquel momento la aguja apuntaba a *«Giro de guion»*. Y de repente giró para apuntar a *«Te lo tendrías que haber visto venir»*, y suspiró.

—Ojalá dejara de hacer eso —dijo Emplumado—. No es buen momento para desmayarse.

Dalia apartó la mirada de la librújula para fijarse en la silueta inmóvil de Víctor Aveces y dijo:

—Creo que ese es el problema, verá...

—Nadie sabe dónde está —coincidió Aveces, que se sentó y se rascó la cabeza.

—¿Cómo puede ser eso? —preguntó Emplumado, incrédulo.

Dalia lo miró fijamente.

—Bueno, es Morgana Vana, ¿sabe?

El dragón le sostuvo la mirada.

—Ah, sí, claro.

—Es la bruja más poderosa de Starfell. Circulan rumores sobre dónde tiene su morada...

—Hay quien dice que está en las Brumas de Brumelia, o en el Lago de los Nomuertos —coincidió Dalia.

—Pero lo cierto es que nadie lo sabe a ciencia cierta —prosiguió Aveces—. Y es muy reservada. No tiene amigos a los que podamos ir a preguntar... —Se giró hacia Dalia y sus ojos perdieron el color y se volvieron blancos.

—Pero ¿y si sí que los tuviera? —terminó Dalia por él y supuso que acababa de ver el recuerdo de cuando Morgana había llegado a su cabaña—. Hace mucho tiempo Morgana me dijo que mi madre y ella habían sido amigas. Se criaron juntas en Aguasosa. ¿Y si mi madre supiera dónde vive?

Aveces murmuró para sí:

—Voy a tener que decirle a Humberto que me voy a

ir unos días. Sabe alimentarse solo, y, de todas maneras, dudo mucho que le apetezca el viaje. Es domingo por la noche, así que la feria probablemente esté en el mercado de Medianoche... —Aveces se giró hacia Dalia—: Parece que vamos a tener que ir a la Feria Ambulante de Adivinación.

Dalia no se molestó en preguntarle cómo sabía dónde estaba su madre ni cuál era la próxima parada de la feria ambulante: debía de haberlo visto en sus recuerdos. El miedo repentino que le provocó la posibilidad de tener que enfrentarse a su familia y explicarles por qué les había mentido..., y por qué ahora iba acompañada de un dragón y un vidente de lo olvidado..., hizo que se le cayera el alma a los pies.

—Temía que fueras a decir eso.

13

El mercado de Medianoche

Protegidos por el manto de la oscuridad, Emplumado depositó a Dalia y sus amigos en un valle boscoso que quedaba muy cerca del mercado de Medianoche, que era una de las etapas de la Feria Ambulante de Adivinación. Lo de aterrizar en un valle algo alejado del mercado había sido idea de Dalia, ya que se había imaginado los gritos de terror que habría provocado presentarse en mitad de la feria en la espalda de un dragón.

Tenía que reconocer que, durante un instante de gloria, también se había imaginado las caras de sorpresa que habrían puesto Camelia y Jazmín al verla a lomos de un dragón... Pero entonces no le había quedado más remedio que decidir, muy a su pesar, que la aparición no la ayudaría en absoluto a conseguir su objetivo final.

—Esperaré aquí a que regreséis —dijo Emplumado.

—***Puez*** yo haré lo ***mizmo***. —añadió Teófilo, que

ocultó un bostezo con una de sus zarpas y se dio media vuelta dentro de la bolsa de viaje.

Dalia le echó La Mirada, procedió a recoger la bolsa del suelo y el colbato refunfuñó:

—Y él ¿por qué *zí* puede *quedarze?*

—Porque Emplumado es un dragón, y precisamente por eso es muy difícil de disimular. Pero tú no. Así que te vienes conmigo.

Refunfuñó, pero no se opuso. Fundamentalmente porque Dalia le prometió que por el camino le daría algo de comer.

Bolsa peluda en mano, Dalia y Aveces siguieron el sonido de la voz de la gente, el aroma de las hogueras y el titilar de las luces hasta que encontraron el mercado de Medianoche.

Cenefas de luces arrojaban sus haces ambarinos sobre tiendas de todas las formas, colores y tamaños. La gente entraba y salía de ellas con mercancía que habían comprado o que pretendían vender. Muchas de aquellas mercancías parecían peligrosas, o mortíferas, de ese tipo de cosas que solo se podrían comprar a medianoche... Había ensortijados rabos de ques, los cuales, si metías a hurtadillas dentro de una cama, encontraban la manera de llegar al cuello de su dueño y se disponían a estrangularlo, también flores de vidrio que emitían un extraño aroma dulzón y que podían sumir a cualquiera en un sueño eterno encantado.

Dalia pasó junto a dos mujeres que mantenían una acalorada discusión.

—No sé a qué estás jugando, Gardelia. Yo no te robé el dinero. Aunque ahora mismo no me acuerde de lo que hice el martes pasado, eso no quiere decir que te robara el bolso...

—¡Pues claro que sí! —gritó la otra mujer, con la cara roja—. ¡El lunes vi cómo no le quitabas ojo de encima! ¡Y ahora ha desaparecido, así que seguro que me lo has robado!

Junto a una de las tiendas más grandes, un mago con rastas doradas que vestía unos pantalones multicolores canturreaba:

—¡Pimientamita, pimientamita! ¡Si se la echas a tus enemigos, saldrán volando por los aires!

—Este sitio es un poco sórdido, ¿no? —dijo Dalia—. Me cuesta creer que sea una de las paradas de mi madre...

Oyó un murmullo a sus espaldas, cuando dio media vuelta vio que a Víctor Aveces se le habían puesto los ojos blancos y vidriosos y que estaba a punto de caerse como un peso muerto.

—¡Ay, no! —exclamó Dalia y lo agarró al vuelo.

—¡**Como** una regadera, *azí ez* como ***eztá***!

—dijo Teófilo, asomándose por el agujero de la bolsa.

—Debe de ser porque hay mucha gente, ¡demasiados recuerdos! —aventuró Dalia—. ¿Qué voy a hacer ahora?

—Te diré lo que vas a hacer —dijo una voz muy familiar a su espalda, una voz que hizo que se le pusieran las orejas de un rojo vivo—. Me vas a explicar qué escobas estás haciendo aquí.

Dalia se dio media vuelta muy despacio. Una mujer alta y de aspecto severo, vestida de bermellón y dorado y con varios chales sobre los hombros, se plantó frente a ella de brazos cruzados. La larga melena negra le llegaba a la cintura, de sus orejas colgaban unos grandes aros dorados y sus ojos verdes eran cegadores.

Dalia se encogió.

—Hola, mamá.

Minutos después, la madre de Dalia la estaba arrastrando hasta el enorme carromato rojo y dorado en el

cual viajaba. Su hermana Camelia, mientras tanto, había trasladado a Víctor Aveces a la tienda de los guardias con su mente.

Cuando vio a Dalia, Camelia cacareó:

—Ooostras, te la vas a cargar... Papá mandó un cuervo a mamá para preguntarle si se había vuelto loca por traerte a la feria, pero claro, ¡es que no lo había hecho!

—¡Ya basta, Camelia! —gritó su madre y levantó una mano. Sus ojos verdes despedían llamas—. Aunque tu hermana tiene razón. Le dejaste una nota a tu padre para decirle que venías con nosotras..., ¿por qué? ¿Y dónde has estado? ¿Por qué te fuiste de la cabaña? ¿Y quién es el viejo ese? —preguntó con los brazos cruzados.

—¡No es ningún viejo!

A la madre de Dalia comenzaron a aletearle los agujeros de la nariz.

—Vale, pues el hombre del pelo blanco. ¿Quién narices es?

Dalia se sentó en una sillita frente a su madre y sus hermanas, inspiró hondo y trató de explicarse:

—Yo. Bueno. Verás..., Morgana Vana vino a la cabaña, buscando ayuda.

—¿Morgana Vana vino a nuestra cabaña? —rezongó Camelia.

—SÍ.

Jazmín, su hermana mayor, también parecía incrédula, pero se mostró un poco más comprensiva:

—¿En serio? Pero ¿por qué?

Jazmín y Camelia empezaron a hablar a la vez, pero su madre alzó una mano para acallarlas.

—¿Me estaba buscando? —preguntó—. ¿Por qué no me mandaste un cuervo? Podría haber vuelto a casa, o podría habernos alcanzado por el camino.

Dalia negó con la cabeza.

—Es que... no, vino a buscarme a mí.

—¿A ti? —se extrañó Jazmín. Se le subieron tanto las cejas que casi se le juntaron con el nacimiento del cabello.

Camelia rio.

—¿Morgana Vana fue a buscarte a ti? ¿Y qué le pasaba? ¿Había perdido la chaveta? —se burló con malicia.

Su madre la fulminó con la mirada y a Camelia se le cortó la risa de golpe.

—Sigue —dijo, aunque era evidente que le estaba costando creer a Dalia.

Dalia frunció el ceño.

—Necesitaba que la ayudara. Es por el martes pasado.

Bueno, veréis, ha desaparecido, y necesitaba que la ayudara a encontrarlo.

—El martes pasado ha desaparecido —repitió su madre, un tanto incrédula. Jadeante, le preguntó a Dalia—: ¿Y dónde está Morgana ahora? ¿Puede confirmar lo que dices?

—No me digas que te crees lo que está contando... —dijo Camelia.

Su madre le lanzó otra mirada silenciadora.

Dalia prosiguió:

—Bueno, es que... la han arrestado.

—¿La han arrestado? —exclamó Jazmín.

Camelia contuvo un grito.

—¿Han arrestado a la bruja más poderosa de Starfell? —Se echó a reír de nuevo, y Jazmín la acompañó.

Su madre miró a Dalia con expresión triste.

—Dalia, sé que crees que no te traigo a las ferias porque no quiero que nos acompañes, pero eso no es verdad. Es que eres demasiado pequeña para estar aquí, pero si querías venir, no hacía falta que me contaras una mentira.

Dalia se levantó. Estaban perdiendo un tiempo precioso.

—¡No estoy mintiendo!

Una cabeza cubierta de un pelaje naranja vivo asomó de la bolsa y gruñó:

—¡Oíd, *gallinaz chillonaz,* que *oz eztá* diciendo la **verdad!**

Camelia abrió los ojos de par en par con una expresión de repulsión.

—¿En serio te has traído esa cosa contigo? O sea, me estaba oliendo fatal, pero pensaba que eras tú...

A Dalia se le encendieron los ojos.

—Pues es bastante más útil que tú. Él por lo menos me escucha.

La madre de Dalia se pellizcó el puente de la nariz e inspiró hondo.

—Si eso fuera remotamente posible, seguro que nos habríamos dado cuenta de que el día ha desaparecido...

—Pero, a ver, piénsalo, ¿qué estabas haciendo el martes? Mamá, por favor, inténtalo y verás a lo que me refiero.

La madre de Dalia cerró los ojos y sacudió la cabeza con tristeza.

—Dalia, me has decepcionado mucho. Nunca te hubiera

tomado por mentirosa. —Camelia rio al oír la reprimenda, y Dalia tuvo que combatir con todas sus fuerzas las ganas de gritar. Su madre prosiguió—: Todavía tenemos que terminar unas cosas antes de volver a casa mañana por la mañana —dijo, con la boca tensa en una fina línea—. Así que esta noche te vas a quedar con una amiga mía. Y por la mañana yo misma te llevaré a casa.

Dalia se quedó boquiabierta. ¿Por qué no la creía?

—No, por favor, debes entenderlo. ¡Tenemos que recuperar el martes! Tengo que encontrar la casa de Morgana, y tú eres la única que sabes dónde vive. Por eso he venido. Mamá, de verdad que tengo que hacer esto. Si no lo hacemos, podría ser el fin del mundo.

Se hizo un silencio tras el que Camelia y Jazmín se echaron a reír de nuevo.

—¿Te das cuenta? ¡El fin del mundo! En serio, se le ha ido la cabeza —resopló Camelia.

La madre de Dalia sacudió la cabeza y murmuró a sus hermanas:

—La culpa es mía. Te he dejado demasiado tiempo sola con tu abuela la majareta, y mira ahora... —Se le quebró la voz y adoptó una expresión un tanto triste.

Diez minutos después, Dalia estaba en casa de Rubí, la amiga de su madre, quien, por lo que parecía, se tomaba el oficio de la brujería demasiado en serio. Su casa tenía forma de pentagrama, y todo lo que contenía, desde el fogón pasando por el sofá, hasta la mesa de la cocina, estaba pensado para encajar a la perfección en cada vértice, punta y arista de aquella casa con forma de estrella. Las paredes estaban pintadas de un agradable tono de azul y rosa atardecer, parecido a una galaxia. El suelo estaba salpicado de motitas que semejaban estrellas.

Sentada frente a Dalia, había una chica bajita más o menos de su edad que vestía un camisón al menos dos tallas más grandes de lo que le correspondía. Tenía el pelo muy largo y rizado, la piel de un bonito color avellana y unas grandes gafas redondas que descansaban en la punta de una naricilla chata. A su lado tenía un gato negro que miraba la maleta peluda de Dalia con interés.

Teófilo ya estaba murmurando **«Ay, mi madre»,** aunque en voz muy bajita.

—Esta es Necesaria Gracia —los presentó Rubí—. Me temo que tengo que salir corriendo, necesito comprar un poco de hierbarrata en el mercado, pero Esencial te preparará la cama. Supongo que os querréis ir a dormir cuanto antes. —Le dedicó a Dalia una mirada amable, luego prosiguió—: Tu madre me ha pedido que le lance un encantamiento a la puerta..., bueno, por si acaso intentáis escaparos, ya sabes.

Y, diciendo aquello, se marchó.

La chica miraba a Dalia con interés, con los ojos enormes tras la montura de las gafas.

—Así que eres una de las hijas de Lluvia Musgo, ¿no?

Dalia asintió con expresión taciturna.

—Sí. Pero no una de las que habrás oído hablar.

Necesaria se encogió de hombros.

—Bueno, proceder de una familia de brujas ya es algo. Yo soy la primera bruja de mi familia... Y por eso me mandaron con Rubí. La ley, ya sabes... —dijo con un leve encogimiento de hombros. Dalia puso cara de no estar entendiendo, así que Necesaria se lo explicó—: Bueno, si en tu familia no hay nadie con poderes mágicos y uno de tus hijos desarrolla aunque sea un poquito de magia, la ley dice que hay que mandar al niño o a la niña a vivir con alguien que pueda ayudarlos a controlarla. Así que a mí me mandaron aquí con Rubí justo al poco de nacer, porque era la bruja que había más cerca. Mi madre se puso muy triste, no solo porque me mandaran lejos, sino porque después de cinco hijos, yo era la única chica. Mi madre dijo: «No te puedes llevar a mi pequeña, para mí es necesaria». Y Rubí se lo tomó..., bueno, demasiado al pie de la letra.

Dalia sonrió. Luego frunció el entrecejo. En su mente, flotaba algo que Morgana había dicho justo antes de que se la llevaran los Hermanos de Vol.

La bruja había dicho: «Recuerda: *la preparación hace la perfección.* Y, si lo piensas, un poquito de lluvia es necesaria para revelar lo que necesitas».

Dalia se levantó de la silla de un brinco. Aquella frase no tenía ningún sentido..., a menos que estuviera haciendo referencia a que Lluvia y Necesaria... fueran dos personas.

—¡Creo que estaba destinada a conocerte!

Necesaria la miró como si se hubiera vuelto loca.

Dalia se sacó la librújula del bolsillo. La aguja apuntaba a «Te lo tendrías que haber visto venir», y sonrió.

Necesaria pestañeó.

—¿Destinada a conocerme?

Asintió.

—Creo que es lo que quería Morgana Vana.

Necesaria seguía con el ceño fruncido, así que Dalia se lo explicó todo, incluyendo por qué tenían que encontrar la casa de Morgana.

—Morgana me contó que conocía a mi madre, Lluvia. Por eso vine aquí, porque pensaba que mi madre podría decirme dónde está la casa de Morgana..., pero igual también quería que te encontrara a ti, a una persona «necesaria».

Necesaria parpadeó.

—Pero... si no soy nada especial. O sea, solo soy capaz de paralizar cosas, y solo un segundo, eso si todo va lo suficientemente lento.

—¿Paralizar cosas?

Necesaria se volvió hacia el gato que se estaba lamiendo la pata y extendió una mano. Un segundo después el gato se quedó paralizado en pleno lametazo, sacándoles la lengua.

Necesaria esbozó una sonrisilla triste.

—La verdad es que es bastante inestable. Si estoy enfadada, es un poco más potente. Una vez conseguí detener un cubo de agua que me tiraron un día que salí a la calle. O sea, solo fue un segundo:

me empapé igual y me llevé esto de regalo —dijo, apartándose el pelo y mostrándole a Dalia una cicatriz, que destacaba clara y brillante en la piel oscura en un lado de la cabeza contra el que le había golpeado el cubo.

Dalia se encogió de hombros.

—Podría ser suficiente. Yo tampoco soy especial. O sea, mi único poder es encontrar cosas perdidas, fundamentalmente calcetines, carteras y llaves. Igual es que para salvar el mundo tampoco hace falta tener una magia espectacular. Igual solo hay que desear intentarlo.

Necesaria asintió y se levantó.

—Vale.

—Entonces ¿quieres ayudarme?

Necesaria asintió, se subió las gafas por la nariz y sonrió.

—Sí. —Luego calló un momento—. Esto, bueno, primero déjame que me quite el camisón.

Cuando regresó, lo hizo vestida con un vestido negro con un estampado de lunitas doradas y estrellitas plateadas que Dalia no pudo evitar envidiar.

—Preparada —sonrió Dalia.

—Preparada —asintió Necesaria.

Pero cuando llegaron a la puerta, tal y como Rubí les había avisado, la encontraron cerrada por un encantamiento.

—¿Y ahora qué hacemos? —se quejó Dalia.

14

La piedra de bruja

L a puerta no era lo único que estaba cerrado: las ventanas también. No se movían ni un centímetro, ni cuando Dalia intentó abrir uno de los paneles de cristal con una olla de hierro de la cocina, pero no hubo manera. Ni siquiera se agrietó.

Necesaria suspiró.

—Está cerrada con un encantamiento. Es el poder de Rubí: puede encantar objetos para que hagan lo que ella quiera.

Dalia arrugó el ceño con los ojos como platos.

—¡Pero tenemos que salir de aquí! Debo encontrar a Víctor Aveces e intentar despertarlo. Con un poco de suerte, leerá los recuerdos de mi madre para que podamos hallar la casa de Morgana.

Teófilo se aclaró la garganta, como intentando llamar su atención, sin embargo Dalia se distrajo cuando de repente Necesaria se dio una palmada en la frente.

—¡Tengo una idea! —gritó y salió corriendo para buscar algo que estaba dentro de su habitación.

Teófilo extendió una pata y le dio un toquecito en la mano.

—Ahora no, Teófilo —le dijo cuando Necesaria regresó a la sala trayendo en la mano una piedra negra normal y corriente con un agujero en el centro.

—Es una piedra de bruja —le explicó, con una sonrisa cruzándole el rostro.

—¿Una piedra de bruja?

De la bolsa brotaron un resoplido y lúgubres murmullos.

Necesaria enarcó una ceja y Dalia murmuró:

—Mejor no preguntes.

Necesaria se encogió de hombros.

—Sí. Sirve para identificar cosas que son mágicas, cosas que se camuflan como si no lo fueran. Pero también sirve para deshacer encantamientos, sobre todo invocaciones como el hechizo que Rubí le ha echado a la puerta. —Miró a Dalia y negó con la cabeza—. ¡Es que no te vas a imaginar quién me la dio! Has dicho una cosa que me lo ha recordado, y aunque la tengo desde hace unos cuatro años... O sea, con Rubí no suelo necesitarla, porque también sabe deshacer hechizos.

Dalia levantó una ceja.

—¿De Morgana Vana? —aventuró.

Necesaria asintió.

—Me la regaló en una feria. Me dijo que algún día podría serme de utilidad. A ver, me la regaló Morgana Vana, así que me la quedé, claro, pero hasta ahora es como si se me hubiera olvidado que la tenía.

—Pero ¿funciona dentro de una casa cerrada?

Dentro de la bolsa se oyó un resoplido.

—No estoy segura —confesó Necesaria y le lanzó una mirada a la bolsa de viaje un poco preocupada.

Luego, cuando Dalia le echó un vistazo a la puerta, miró por el agujerillo. No pasó nada, la puerta seguía cerrada. Le tendió la piedra a Dalia, que también miró por el agujero, e intentó abrir la puerta con ella en la mano.

Nada.

—*Laz piedraz* de ***brujaz*** no funcionan dentro de un **encantamiento** —dijo la vocecilla de Teófilo, con desesperación, desde el interior de la bolsa peluda—.

Cualquiera que tenga *doz dedoz* **de frente** *zabe ezo.*

Necesaria estaba mirando la bolsa con pasmo.

—Ah —dijo Dalia, y suspiró—. ¿Y ahora qué vamos a hacer?

—**Bueno** —dijo Teófilo, arrastrando mucho las palabras y asomándose por el borde de la bolsa ahora que había dejado de ignorarlo—. *Zi me lo **hubieraiz** preguntado a mí, **coza** que no **habéiz** hecho, oz* hubiera dicho que *podéiz zalir* trepando por *eza chimeneota.* Dudo *muchízimo* que el encantamiento llegue tan *lejoz* —explicó, señalando a la chimenea con una zarpa anaranjada.

Dalia y Necesaria se miraron. Lo comprobaron y se dieron cuenta de que Teófilo tenía razón: el encantamiento de cierre no le afectaba.

—Ay, sí. Probablemente sea la mejor idea —accedió Necesaria y se sonrojó un poquito.

—Gracias, Teófilo —dijo Dalia.

Cinco minutos más tarde, con ayuda de una escalera y un poco de subir a pulso, Dalia y Necesaria —también Teófilo— consiguieron llegar al tejado. Desde allí saltaron al suave césped que había bajo la casa, y la bolsa aterrizó con un golpe que hizo que Teófilo maldijera en el idioma alto enano.

—Por cierto, este es Teófilo —dijo Dalia, que se lo presentó a Necesaria mientras el colbato murmuraba con amargura lo mucho que echaba de menos sus fogones y se preguntaba desconsolado qué escobas hacía metido en una bolsa peluda, accediendo a embarcarse en una desquiciada aventura.

—Pero ¿por qué estás dentro de la bolsa? —lo interrumpió Necesaria, a quien le causaba mucha curiosidad.

Teófilo dejó de rezongar.

—Porque zoy un *colbato* y el *monztruo* de debajo de la cama... Bueno, o lo era al *menoz*. Ahora parece que *zoy* el *monztruo* de la *bolza,* que la verdad *ez* que no *zuena* igual de bien —dijo con un suspiro cuando se atrevió a sacar media cabeza por la cremallera de la bolsa para mirarla.

A Necesaria se le iluminó el rostro.

—Ostras, un colbato. He oído que explotan cosas.

—*Zolo* cuando *eztamoz* muy muy *enfadadoz* —dijo Teófilo, como amenazando a Necesaria. Por lo menos no se había puesto naranja del todo.

—Les pasa todo el rato —suspiró Dalia. Luego, en voz más alta, dijo—: Bueno, tenemos que encontrar a Víctor Aveces. Mi madre me ha dicho que lo han llevado a la tienda de los guardias.

Necesaria asintió.

—Lo sé. Vamos —dijo, y corrieron por los bosques oscuros, mirando hacia atrás todo el rato por si acaso alguien las estaba vigilando, en concreto las hermanas de Dalia.

Pasado un rato llegaron al borde de un claro y vieron la aglomeración de tiendas de colores de la feria y las hileras de luces que colgaban sobre ellas.

Corrieron tras las tiendas, agachadas, y Necesaria dijo:

—Es esa de ahí, la grande roja y blanca. —Señaló al

fondo del claro. Al acercarse, oyeron que de la tienda salían voces.

—¿ESO QUIÉN TE LO HA CONTADO?

—No me lo ha contado nadie —respondió Víctor Aveces con vocecilla cansada.

—ALGUIEN TE HA INVOLUCRADO EN ESTO, ¿VERDAD? ¿HA SIDO BILL?

—Mira, entiendo que estés enfadado por lo de..., bueno, lo de probablemente tu antiguo socio, pero ¿no te puedes calmar un poco? Es que, verás, me duele un poco la cabeza. Y, bueno, sí, fue Bill, pero sin querer, porque en realidad no me lo llegó a decir pero..., o sea, ¿cómo no te diste cuenta de que había pintado de dorado esos huevos de gallina?

—¿PERO QUÉ ME ESTÁS CONTANDO? ¿ENTONCES CÓMO SABES ESO? ¡VENGA, EXPLÍCAMELO!

—¡ASÍ QUE ENTONCES LO RECONOCES, EH, BILL! ¡MALDITO MENTIROSO!

Dalia y Necesaria entraron en la tienda y vieron a dos guardias muy enfadados que se fulminaban mutuamente con la mirada.

—Eh, ¿hola? —saludó Dalia.

Los guardias las miraron, aunque siguieron discutiendo.

Dalia se acercó corriendo a Aveces, quien se desplomó de alivio al verla.

—¿Esta quién es? —le preguntó mientras le desataba las manos.

—No te preocupes, luego te lo explico —dijo, tirando de él.

Pero Víctor se quedó inmóvil, se le pusieron los ojos en blanco, luego azules otra vez con un parpadeo, y murmuró con voz aguda y femenina:

—Federico Carabarro, que tiene los ojos como gotas de rocío en un césped lleno de sapos. Una sonrisa como los alegres rayos de sol matutino que se cuelan por la grieta de una ventana y rebotan contra las paredes esteladas de mi corazón...

Necesaria miró primero a Víctor y luego a Dalia, completamente avergonzada.

—Esto... —gimoteó—, ¿cómo sabe eso? —Tenía los ojos como platos—. Era muy pequeña, bueno, más pequeña que ahora, cuando escribí ese poema. No sé cómo se ha enterado...

Dalia puso los ojos en blanco. No tenían tiempo para aquello.

—Vamos —dijo, pero era demasiado tarde. Ya los habían visto.

Los dos guardias gritaron:

—¡Deteneos! ¡Esperad ahí un minuto!

—¡Necesaria! —chilló Dalia—. ¡Paralízalos!

Necesaria giró sobre sí misma y paralizó a los guardias cuando se disponían a acercarse a ella.

—¡Corred! —gritó la chica.

La parálisis desapareció casi instantáneamente, pero les dio tiempo suficiente para escabullirse entre la multitud. Víctor Aveces se había tapado las orejas con las manos y gritaba:

—¡La, la, la, la, la!

—¿Qué haces? —preguntó Dalia.

—¿Qué? —aulló él, con el pelo despeinado y crepitante de electricidad y los ojos azules como platos.

—¿Que qué haces? —repitió.

—Bloquearlos para no poder oír sus recuerdos.

Pero era demasiado tarde, porque cuando se concentró en Dalia se le pusieron los ojos blancos y vidriosos, un segundo después estaba cayéndose de espaldas.

—¡Ay, no! ¡Otra vez no! —gritó Dalia.

—¿Qué ha pasado? —preguntó Necesaria.

Dalia se lo explicó.

—Es un olvidente, un vidente de lo olvidado, y tiene lo que él llama visiones, le permiten ver el pasado pero hacen que se desmaye y…, bueno, en un sitio con tanta gente, pues creo que la situación lo supera.

Dalia vio a lo lejos una tienda pequeñita que parecía a medio levantar. Estaba hundida por el centro y tenía un poste ladeado.

La señaló con la cabeza.

—Rápido, vamos a mirar que no haya nadie. Podemos arrastrarlo allí —dijo Dalia, asomándose—. Vacía —confirmó y metió dentro a Aveces, arrastrándolo por los pies.

Cuando lo hubieron acomodado, Dalia miró a su alrededor. Allí solo había una mesita plegable con unas cuantas botellas de vidrio y unos viales en cuyo interior resplandecía un extraño líquido. En una esquina se veía una carretilla herrumbrosa atestada de mercancías aún sin desempaquetar.

Dalia abrió los ojos de par en par.

—Parecen pociones —susurró, y sus ojos se posaron en la carretilla, que le resultaba espantosamente familiar. Se le encogió el estómago de miedo—. Ay, no. Creo que estamos en la tienda de Amora Hechizo. Nos la encontramos en Aguasosa. No salió nada bien la cosa. No me puedo creer que vayamos a tener la mala suerte de encontrárnosla aquí...

—¿Esa vieja bruja? —dijo Necesaria, que miró las botellas con cierta sorpresa—. He oído que es una farsante...

—Sí, yo también. A mi abuela se le daban bien las pociones y decía que Amora no tenía ni una gota de magia real en la sangre, pero estas pociones, bueno, parecen de verdad... —Los viales captaron la atención de Dalia.

—Eso es porque lo son —dijo una voz que parecía a punto de ponerse a dar carcajadas.

Dalia y Necesaria giraron sobre sus talones.

—Vaya, cielito, nuestros caminos vuelven a cruzarse —saludó la vieja bruja, que sujetó una botellita, miró a las niñas con malicia y dio un amenazador paso al frente. Sus ojos negros llameaban.

Víctor Aveces parpadeó con sus ojos blanco niebla y dijo:

—Flora Musgo.

Dalia frunció el ceño. Había pronunciado el nombre de su abuela.

La bruja lo miró primero a él, luego a Dalia.

—¿Otra vez? ¿Qué pasa con esa vieja arpía?

—Se las robaste a ella antes de provocar el accidente en la sierra del Nones —soltó Aveces.

A la vieja bruja se le dispararon las cejas.

—¿Qué has dicho? ¿Me estás acusando? En mi vida he robado nada... ¡Fue Flori Musgui quien me robó a mí!

La anaranjada cabeza de Teófilo asomó de repente de la bolsa. Sus ojos, redondísimos, ardían con furia.

—¡**Paparruchaz!** —siseó.

Amora se puso a rezongar.

—Se le daban fatal las pociones, siempre fue así, y por eso se volvió loca... Menuda farsante estaba hecha.

—¡Nunca fue una farsante! —gritó Dalia.

La punta del pelaje de Teófilo comenzó a humear. El colbato detestaba a los mentirosos y era uno de los mejores detectores de mentiras que Dalia conocía, en parte por su monstruosa herencia colbatiana.

Dalia miró primero a Amora, luego a Teófilo y, por último, a Aveces, entonces la verdad cayó sobre ella.

—Hiciste que pareciera un accidente, ¿verdad? Le tenías envidia...

—No tengo la más remota idea de qué me estás hablando —se defendió la vieja bruja y retrocedió un paso a toda prisa. Sus manos se aferraron a una botella que les lanzó.

Dalia y Aveces se agacharon, pero no pasó nada.

—Yo me iría pitando —dijo Necesaria, que había paralizado el frasquito y el líquido que contenía.

Dieron un salto y esquivaron la botella, que no les alcanzó por poco. En realidad, rebotó en el codo de Dalia y se estrelló de lleno contra el pecho de Amora. La bruja cayó de espaldas, completamente noqueada, derribando antes una estantería llena de botellas. La caída

levantó nubecillas de niebla rosa y verde y amarilla que olían a sal, a lavanda y a vino de cocinar, que eran de las cosas favoritas de la abuela Flora.

Cuando el humo se disipó, Aveces se aseguró de que la bruja aún respiraba.

—Se ha quedado inconsciente, noqueada por su propia poción robada.

Dalia no sabía qué hacer. Parte de ella quería quedarse y esperar a que Amora recuperara la consciencia para obligarla a confesar y limpiar el nombre de su abuela. Pero Aveces le apoyó una mano en el hombro.

—Tenemos que irnos. Lo siento.

Cerró los ojos, inspiró hondo y asintió. Aveces tenía razón. Pero si alguna vez volvía a encontrarse cara a cara con Amora Hechizo... Bueno, no tenía ni idea de qué sería capaz.

Su abuela no había vuelto a ser la misma desde el accidente, pero a Dalia su padre le había dicho que no siempre había sido así. Hubo una época en la que había sido una de las mejores fabricantes de pociones de todo Starfell, una época en la que era una bruja respetada, incluso un poco temida. Al fin y al cabo, había sido la inventora de las pociones arrojadizas: pociones que no hacía falta tragar, sino que bastaba con lanzárselas a la gente para obtener el resultado deseado. La abuela decía que así uno se ahorraba el tiempo que se tardaba en intentar engañar a la gente para que se las bebiera. Después del accidente, casi ninguna de las pociones que preparaba funcionaba como debía. Ahora que Dalia sabía la verdad, le parecía que no era justo que la abuela Flora cargara con las culpas del accidente. Y, desde luego, lo que no era justo es que su carrera hubiera terminado por culpa del rencor y la envidia de otra persona.

Entonces Dalia se fijó en las estanterías que rodeaban a Amora Hechizo. Solo quedaban tres frasquitos, y se negaba a dejarlas allí.

—Si eran de mi abuela, deberíamos llevárnoslas. Podrían sernos de ayuda. —Respiró hondo—. De todas maneras, dudo mucho que la abuela Flora quisiera que las tuviera ella.

Por un instante, el sombrero morado flotó frente a sus ojos, y sintió el miedo que había arrinconado en una esquina de su corazón, un miedo afilado y tiznado de hollín, el temor de que le hubiera pasado algo. Dalia tragó saliva. ¿Dónde estaba la abuela Flora?

Dalia se sacudió el miedo del corazón, abrió la bolsa y le entregó a Teófilo tres pociones etiquetadas como «Olvido», «Espera» y «Sueño», que las colocó junto al huevo de dragón y le dio una palmada de apoyo con su patita verde. Los amigos de verdad, a veces, saben qué decir sin necesidad de pronunciar palabra. A Dalia le escocieron los ojos, pero el colbato le infundió valor.

15

Espera y Olvido

La madre de Dalia estaba recogiendo las cartas y guardando la bola de cristal en su caja forrada de terciopelo cuando su hija, Necesaria y Aveces entraron en la caravana. Aquella vez Dalia iba decidida a convencer a su madre de que necesitaban que los ayudara. Pero cuando Lluvia alzó la vista suspiró, con los ojos color esmeralda rebosantes de incredulidad.

—Ay, otra vez no.

Las hermanas de Dalia la acompañaron inmediatamente en el sentimiento.

Camelia resopló.

—Ostras, te estás metiendo en un buen lío.

—Sí, un lío gordísimo —dijo Lluvia—. ¿Cómo has...? —Entonces, al ver a Necesaria, se calló y sacudió la cabeza—. ¿Cómo habéis salido? Necesaria, me sorprendes. Rubí te ha dejado a cargo de la vigilancia de la rebelde de mi hija, pero aquí estás. Supongo que te habrá contado la misma patraña que a mí y te la habrás tragado.

—Lo-lo siento, pero sí, la creo —tartamudeó Necesaria y se subió las gafas por la naricilla respingona.

Dalia la miró, agradecida, luego suspiró.

—Mira, mamá, lo siento, pero estamos perdiendo tiempo y necesitamos que nos ayudes...

Su madre farfulló, sorprendida.

—No sé qué bicho te ha picado, Dalia. Cuando lleguemos a casa, tu padre y yo...

Pero cuando estaban a punto de descubrir lo que Lluvia Musgo tenía planeado para su hija, Víctor Aveces la interrumpió:

—¿Dónde vive Morgana Vana?

Lluvia fulminó a Aveces con la mirada, acto seguido ejecutó un triple parpadeo como si acabara de percatarse de su presencia.

Pero antes de que la madre de Dalia pudiera exigirle que se explicara, Aveces se desplomó con un golpetazo.

—¡Por todas las escobas de Starfell!

—Se encuentra bien. Es un vidente de lo olvidado, puede ver el pasado, y a veces se desmaya...

—Yo no me desmayo.

Todos se volvieron a mirar a Aveces, que seguía con la mirada nublada.

—Nabovía, Trolandia —murmuró.

—¿Qué? —preguntó Dalia con el ceño fruncido.

Aveces miró a su madre con los ojos neblinosos.

—¿Así que te lo tiñes? ¿En serio?

—¿Qué? —preguntó Lluvia al tiempo que se palmeaba el pelo, nerviosa, con una mano enjoyada.

—El castaño claro es un color bastante decente...

A Lluvia casi se le salieron los ojos de las órbitas y se le abrió la boca sin darse cuenta.

—No tengo ni idea de a qué te refieres...

A Camelia se le escapó un chillido.

—Mamá, ¿te tiñes el pelo?

Aveces se incorporó, ladeó la cabeza y preguntó con una sonrisilla:

—Ah, así que esta es Camelia, ¿eh?

La sonrisa murió en los labios de Camelia, y de sus ojos verdes brotaron llamas.

—¿Qué pretendes decir con eso?

Aveces sacudió la cabeza.

—Ah, nada, pero supongo que es muy útil tener tu don cuando la gente quiere obtener información sobre sus parientes muertos, ¿no? O sea, solo tienes que mover la roca que hay fuera con la mente y golpearla contra la puerta para que la gente crea que son los muertos quienes llaman... Un truco muy astuto.

Camelia se quedó pálida.

—¿Q-qué? —boqueó, luego miró a su madre—. ¿Cómo lo sabe?

Su madre miró a Dalia con expresión levemente avergonzada.

—No es lo que piensas... —Y volvió a fulminar a Aveces con la mirada.

Dalia parpadeó. ¿Su madre era una farsante?

Mientras su familia gritaba, Aveces miró a su madre.

—Nabovía, en Trolandia —repitió—. ¿Verdad?

El rostro de Lluvia perdió color.

—¿Cómo sabes eso?

—¿El qué? —preguntó Dalia, profundamente confundida.

—Es la dirección de la casa de Morgana.

Dalia y Necesaria se miraron. ¿Trolandia?

A Lluvia se le oscurecieron los ojos y se le arrugó el entrecejo.

—No pienso seguir tolerando esta locura. Ahora mismo nos vamos a casa...

Necesaria se acercó a Dalia y le susurró:

—Las pociones. Usa las pociones.

Entonces levantó las manos para inmovilizar a la familia de Dalia. Dalia abrió la bolsa, sacó las botellas etiquetadas como «Espera» y «Olvido» y las arrojó a los pies de sus paralizadas madre y hermana.

Fuera se escuchó un estruendo que introdujo una nube de polvo en la caravana y las hizo tambalearse. Dalia oía alaridos estremecedores y algo que parecía una estampida de gente que corría a ponerse a buen recaudo por el mercado.

—¿Qué es eso? —preguntó.

Aveces se asomó y sonrió.

—Emplumado.

Dalia lo siguió y vio que el colosal dragón azul deambulaba por el césped justo fuera de la hilera de tiendas, a las que se asomaba, llamándolos.

—Disculpe la molestia... No quería armar escándalo, solo estoy buscando a mis amigos. Verá, es que están tardando un poco y tenemos que darnos prisa... No hace falta que grite. Soy un dragón nuboso, ¿sabe?, y los dragones nubosos...

—¡Emplumado, estamos aquí! —gritó Dalia—. No tardamos.

Dalia se dio media vuelta para mirar a su familia. Estaban extrañamente tranquilas gracias a las pociones que las obligaban a esperar y olvidar. Tragó saliva.

—Lo siento, esto..., por favor, esperad hasta que nos hayamos marchado con el dragón y olvidad que he estado aquí..., o que nos habéis visto, a ninguno de los presentes, esta noche —dijo. Notó una profunda punzada de dolor al verlos a todos así congelados, sobre todo a su madre, que tenía los ojos verdes clavados en los suyos,

pero no podía volver a casa, y menos ahora que estaban tan cerca de encontrar a Morgana. Y Morgana confiaba en Dalia, así que no podía decepcionarla.

—Igual debería haberos esperado en el valle —dijo Emplumado, y le dedicó una mirada arrepentida cuando una aterrorizada pareja pasó junto a él gritando «Muerte azul, muerte azul».

Dalia sonrió.

—Has llegado justo a tiempo —dijo—. Acabamos de descubrir dónde vive Morgana. En Trolandia.

—¿Trolandia? —preguntó Emplumado, mostrándose abatido—. Ay, no.

—¿Por qué no?

—Bueno, es que huelen fatal.

Víctor Aveces montó a lomos del dragón.

—También se les da muy bien matar con mazas —apuntó.

—Bueno, con un poco de suerte será solo entrar y salir lo más rápido que podamos —dijo Dalia, que se montó en el dragón justo detrás de Aveces, abrazada a la bolsa en la que viajaba Teófilo.

—Vamos —le dijo Dalia a Necesaria, quien contemplaba al dragón con unos ojos enormes, magnificados por los cristales de las gafas. Dalia vio la saliva pasar por su garganta al tragar—. Ay, sí, perdona, que no os he presentado. Este es Emplumado. Emplumado, esta es Necesaria Gracia, nos ha ayudado a escapar.

Necesaria se quedó inmóvil, con la boca ligeramente abierta, mientras asimilaba las dimensiones de Emplumado. Entonces de sus labios brotó un gorgoteo.

—Vamos, que no muerde —la animó Dalia, que le tendió una mano y ayudó a Necesaria a montar al pulcro lomo emplumado del dragón.

—Nunca mordería algo de vuestro tamaño —confirmó el dragón, que cogió carrerilla y despegó el vuelo—. A vosotras más bien os tragaría sin masticar.

Necesaria contuvo un grito.

Dalia sacudió la cabeza.

—¿Sabes, Emplumado? Por comentarios como ese le tienen tanto miedo los humanos a los dragones.

Se oyó una risilla como el tintineo de unas campanas cuando batió las alas y se dispuso a surcar el cielo estrellado.

En ese preciso instante, en una mazmorra bajo la fortaleza, un muchacho rio cuando amenazó con matar a la bruja que tenía delante. La poción que sostenía daba vueltas en el frasco negra como la noche, negra como la muerte.

—Ahora estamos tú y yo, sin nadie que pueda interferir. Ahora que estás sola, no eres tan poderosa.

—Te equivocas —susurró.

—¿Ah, sí? —dijo el muchacho. Le arrojó la poción, que estalló en una niebla oscura y caracoleante, una niebla de la que la bruja no podría escapar ni aunque lo intentara.

La bruja boqueó, intentando recobrar el aliento.

—Vendrá.

—¿Quién? ¿La niña esa que te acompañaba? ¿Crees que podrá salvarte de… esto?

Morgana cerró los ojos y el vapor humeante penetró en sus venas. La sonrisa triunfal del muchacho se desvaneció cuando la muerte no llegó. No para ella, al menos. Debería haber previsto que lucharía, que ella sería capaz de aferrarse a la vida en una situación en la que cualquier otro se hubiera dado por vencido.

16

Calamidad Trol

Trolandia estaba en una zona mellada y maltratada de Starfell que pocos se atrevían a visitar. No era de extrañar, teniendo en cuenta que sus habitantes gustaban de ir paseando por ahí un arma de la que salían puntas y clavos como parte de su identidad nacional. No solía estar en los puestos más altos de las listas de destino de vacaciones.

De hecho, aparte de los troles, pocos se aventuraban en Trolandia a menos que estuvieran desesperados, fueran muy muy tontos o, como era el caso de Dalia y sus amigos, estuvieran desesperados pero fueran, además, acompañados de un dragón. Aunque no fuera un dragón de los peligrosos, eso los troles no tenían por qué saberlo..., o eso esperaba Dalia, al menos.

El viaje a Trolandia era largo, aunque consiguieron dormir unas cuantas horas a lomos de Emplumado. A Víctor Aveces le preocupaba que fuera peligroso dormirse allí arriba por si acaso se caían, a no ser que alguno llevara algo de cuerda. Por supuesto que nadie llevaba cuerda encima, pero a Narcisa le dio por mencionar que una vez había perdido una comba, lo que resultó ser una suerte. Segundos después, llegó volando desde el cielo y aterrizó en las palmas extendidas de Dalia, y consiguieron atarse a Emplumado para que dormir fuera seguro.

Por la mañana, comenzaron a sonarles las tripas de hambre. Teófilo compartió una rebanada de pan y queso que había sisado de la caravana mientras nadie le miraba.

—¿Qué *paza*? —preguntó con inocencia y se rascó tras la oreja con una garra roñosa —. **Que *zí*, que vale, que *eztamoz zalvando* el mundo y** lo que *vozotroz queráiz,* pero la panza *tendremoz* que *zeguir* llenándola, ¿no?

Justo antes del mediodía, llegaron a un páramo yermo, de colinas rocosas y arena blanca. Cualquier rastro de vegetación hacía tiempo que había quedado apisonado por enormes pies planos, y el paisaje parecía abollado, como un queso gruyer. Emplumado les explicó que aquello se debía a los torneos de lanzamiento de maza que los troles celebraban a diario. Cuando sobrevolaron la zona, vieron poblaciones de tiendas y troles de todas las formas y tamaños que caminaban arrastrando los nudillos, y sus mazas, por el suelo. Afortunadamente, a ninguno se le ocurrió mirar a lo alto, así que no vieron a Emplumado y sus pasajeros.

Incluso desde las alturas, Dalia podría haber jurado, guiándose solo por el olor, que aquellas eran criaturas a las que no les vendría mal un buen lavado con agua y jabón. A su lado, Teófilo olía a flores, que ya era mucho decir.

Siguiendo las indicaciones de Aveces, Emplumado aterrizó en la ladera de una colina.

—Por lo que vi en los recuerdos de tu madre, por algún sitio aquí cerca debe de haber una caverna —dijo Aveces al tiempo que bajaba del lomo de Emplumado—, y desde allí, una vez dentro, se sale a un vallecito que da a Nabovía.

—¿Por qué elegiría este sitio para vivir? —preguntó Narcisa, empujándose las gafas por la naricilla, que arrugó de desconcierto puro.

—No tengo ni idea —respondió Aveces con los ojos como platos.

—Por la paz y la tranquilidad seguro que no es —dijo Emplumado, escuchando el sonido de palazos y puñetazos que hacía temblar la ladera de la colina.

—Ni por el aroma del aire campestre —coincidió Dalia, que se colocó la bufanda de herraduras debajo de la nariz para entrar en una cueva húmeda y descuidada, del ancho justo para que Emplumado cupiera por ella.

Una vez dentro, oyeron un persistente goteo acompañado de algo que sonaba como una cascada. Una cascada, no obstante, que se sorbía los mocos cada pocos segundos.

A Dalia se le acostumbraron los ojos a la oscuridad. Desperdigados por el suelo había restos de huesos lisos, y cuanto más se adentraban en la cueva, más aumentaban de volumen los sorbidos.

—¿Estáis oyendo eso? —preguntó.

El resto sacudió la cabeza.

Pero del interior de la bolsa oyó un débil:

—¡*Ay*, **mi madre!** ¡*Ay*, *tía* avariciosa!

Dalia tragó saliva. Eso nunca era buena señal.

Dalia volvió a oír el sorbido y se detuvo.

—Por aquí —dijo, haciéndoles señas, y guio a sus amigos hasta lo más profundo de la cueva. Oían un rumor de agua corriente procedente del techo de la cueva y entre la penumbra distinguieron grandes estalagmitas y estalactitas.

Víctor Aveces sacó un candil de uno de sus muchos bolsillos y Emplumado sopló levemente para insuflarle algo de fuego. Gracias a las llamas vieron que no estaban solos.

Alguien lloraba en la cueva. Alguien bastante grande que parecía hecho de piedra, salvo porque tenía el pelo rojísimo recogido en dos largas trenzas que le caían por la espalda.

Se acercaron con muchísima cautela.

—¿Está usted bien? —preguntó Dalia y se arrodilló junto a lo que parecía una gigantesca oreja de piedra del tamaño de un plato llano pequeño.

La silueta se revolvió y giró su enormísima cara hacia Dalia. Una cara manchada por dos largos regueros de lágrimas.

Dos grandes ojos verdes,

anegados de lágrimas, parpadearon, derramando su contenido, que salpicó los zapatos de Dalia.

—Pensaba que estaba sola aquí dentro —dijo aquella silueta que parecía de piedra pero no lo era.

—¿Y por eso lloraba? —preguntó Dalia, que acababa de percatarse de que no era una persona hecha de piedra, sino una trol.

Nunca había visto un trol de cerca. De hecho, el único trol que había visto en su vida estaba en un cartel de **«Cuidado con el trol»**, en el que solía aparecer una enorme silueta con una mata pelirroja y despeinada, los hombros hundidos, los dientes mellados y una enorme maza. Pero la trol que Dalia tenía delante y que lloraba tenía la dentadura intacta, el pelo rojo perfectamente peinado y ni rastro de la maza por ningún sitio. Aun así, era una trol. Vaya si lo era.

La criatura sacudió la cabeza.

—No, estaba llorando porque... Bueno, es que no recuerdo qué pasó. Y no puedo volver hasta que lo haga.

Dalia le tendió a la trol su bufanda de herraduras para que se secara las lágrimas; ella la recibió agradecida con sus dedos pedregosos y se secó los ojos con delicadeza.

—¿Adónde no puedes volver? —preguntó Dalia.

—A casa —respondió la trol.

—¿Y por qué no puedes volver a casa? —insistió Dalia, quien se apartó de un salto ante una nueva cascada de lágrimas.

La trol se sorbió la nariz.

—Bueno, pues es que se suponía que tenía que combatir contra la gran Verrusga. —Calló un momento para darle un efecto dramático a sus palabras, pero entonces se percató de sus rostros impasibles—. ¿Sabéis quién es?

La comitiva de amigos sacudieron la cabeza. Aquello tuvo el efecto de detener el llanto de la trol, aunque fuera solo durante un rato.

—Bueno, Verrusga es la mejor guerrera de todos los clanes trol.

—*Oztraz, ¿y ze zuponía* que *teníaz* que **luchar** con **ella?** —se le escapó a Teófilo, que contemplaba la escena desde su habitual agujerillo de la bolsa peluda. Cuando el trol la miró, la bolsa empezó a temblar un poquito—. O *zea,* quería decir que, **bueno...**

La trol se sorbió la nariz y levantó la cabeza.

—No, si tienes razón. No tengo pinta de guerrera, ¿a que no? —dijo.

Dalia se fijó en lo bien peinada que iba y en que olía a limpio y fresco, como a cal, y no pudo evitar asentir para demostrar su acuerdo.

—Bueno, pero por eso tampoco se acaba el mundo —comentó Dalia.

La trol sacudió la cabeza.

—Veréis, igual no lo sabéis, pero la mayoría de los troles son poco sensibles.

—¿En serio? —preguntó Dalia y le dio una pequeña sacudida a la bolsa cuando el colbato se echó a reír.

La trol prosiguió:

—Bueno, el lema de mi familia es «SÉ FEROZ». Todos mis hermanos tienen collares hechos con huesos humanos en los que se lee F-E-R-O-S-E-S. —La trol esbozó una sonrisa triste—. No tienen ni sensibilidad ni buena ortografía —dijo con una sonrisilla—. Mi padre era el jefe del clan, mi madre su generala, bueno, o lo era antes de que lo derrotara y lo convirtiera en su esclavo —explicó con una especie de suspirito nostálgico. Al ver sus expresiones de desconcierto, sacudió la cabeza—. Ah, bueno, en los matrimonios troles es normal. Le hizo una jaula y la colocó debajo de su trono, que también está hecho de huesos. Los huesos, bueno, están de moda. Cada pocos meses, cuando se pone sensible, lo deja salir un rato... —La trol continuó, a pesar de que todos estaban conteniendo la respiración—: Eso se considera sano en una relación trol. La mayoría de las mujeres trol se comen a sus parejas cuando empiezan las riñas, por lo general un poco después del primer año de matrimonio... Verás, las hembras trol suelen ser más fuertes y malvadas. Mucho más grandes y peludas que los machos, lo que también las convierte en mucho más valiosas. O, bueno, suele ser lo normal. Yo soy la única chica de mi familia. Al ser la hija de la jefa, era el orgullo del clan..., hasta que me convertí en su mayor calamidad, lo que no deja de ser gracioso, porque así me llamo: Calamidad —explicó con un hondo suspiro—. Aunque mi madre puso todo su empeño, nunca conseguí ser una trol como la tradición manda. Los troles se rigen por el principio de «Una maza para cualquier cosa que se mueva, y para cualquier cosa que no se mueva, dos». Pero es que a mí no me gusta dar mazazos a las cosas. Tendría que haber salido todos los días para aprender a usar la maza, pero es que a mí me parecía una pérdida monumental de tiempo. Lo agarras, dejas a quien sea KO... No sé, no es una mecánica difícil de aprender —suspiró.

De repente, Aveces se desplomó de espaldas, como un peso muerto.

—Ay, no, otra vez no —exclamaron Dalia y Necesaria a la vez.

—¿Qué ha pasado? —preguntó la trol, intentando distinguir algo entre la penumbra.

Pero antes de que Dalia pudiera explicárselo bien, Aveces se incorporó, con los ojos blancos.

—Solías esconderte de tu familia fingiendo que practicabas con la maza, pero en realidad ibas a los bosques que hay más allá de la cueva, donde cuidabas de un huerto y un jardín cuya existencia no conocía nadie..., y también de un conejito —susurró.

A la trol se le pusieron los ojos como platos y susurró:

—¿Y eso cómo lo sabe?

—Es que ve el pasado —explicó Dalia.

La trol apartó la mirada, con el rostro retorcido en una mueca de vergüenza. Asintió.

—Lo que dice es verdad. Hacía eso. Ni siquiera lo cuidaba para..., bueno, para comérmelo. Es que me caía bien. Si hasta le puse nombre. Pero cuando mi madre se enteró, fue el peor día de mi vida —reconoció, agachando la cabeza.

—¿A los troles no los dejan tener mascotas? —quiso saber Necesaria, subiéndose las gafas por la nariz.

Calamidad frunció el ceño.

—Bueno, no. O sea, supongo que papá podría considerarse una mascota, pero, que se sepa, ningún trol ha tenido un conejito, ni cultiva margaritas porque le parezcan bonitas. Pero mi madre intentó entenderlo a su manera después de mandar a mis hermanos a destruir el jardín... y a Mordisquitos.

—¿Mordisquitos? —preguntó Emplumado.

—El conejito.

El dragón contuvo un grito.

—¡Menudos bestias!

Calamidad asintió.

—Menos mal que se escapó. Pero ahí fue cuando empezó el llanto, porque en un primer momento creí que lo mataban. Y mi madre dijo que lo de llorar era la gota que colmaba el vaso. Yo no entendía qué me estaba pasando, ni yo ni nadie. Tuvieron que mandarme a que me viera el enano de la otra punta del valle. Los enanos son muy sabios, ¿sabéis? Total, que me explicó que lo de llorar era una cosa que hacían los humanos. —Calamidad estaba avergonzadísima.

—¿Y los troles no lloran? —preguntó Aveces.

—No —respondió Calamidad—. Así que bueno, os podéis imaginar cómo reaccionó mi familia. Mis hermanos quisieron hacerme mi propia jaula..., justo al lado de la de mi padre. Pero mi madre decidió darme una última oportunidad. Ella es muy concienzuda, algo rarísimo para ser un trol, pero creo que es consciente de que a menos que me reforme, siempre seré una vergüenza para su nombre. Así que se dispuso ella misma a entrenarme. Y fue horroroso —dijo, estremeciéndose—. Sin embargo, un día dijo que ya no podía estar más preparada de lo que ya estaba y el martes pasado se suponía que tenía que luchar contra la gran Verrusga. Pero no lo recuerdo.

—¿No recuerdas nada?

Negó con una sacudida de cabeza.

—Pero es que no se acuerda nadie y hay a quien le parece un poco sospechoso. Algunos creen que igual tengo otras características humanas que podría haber usado.

—¿Características humanas? ¿Como cuáles? —preguntó Dalia.

—Como la magia. Y creen que los he hecho olvidar. Pillé a mis hermanos construyendo una jaula a escondidas. Así que me escapé mientras dormían, pero sigo sin recordar qué pasó, y hasta que no lo haga, no puedo volver a casa. Así que estoy atrapada aquí, puede que para siempre.

Dalia sacudió la cabeza.

—Lo dudo mucho.

Al ver la cara de sorpresa que se le puso, Dalia le contó lo que había pasado con el martes perdido.

—¿Entonces, eso es lo que me pasó a mí? ¿Robaron el día, y, con él, mis recuerdos? —preguntó Calamidad con los ojos enormes.

Emplumado asintió.

—Eso creemos —dijo y le contó qué había pasado con su cría de dragón, que debería haber roto el cascarón.

A la trol se le llenaron los ojos de lágrimas.

—Ay, lo siento mucho.

—Nos ha pasado a todos —dijo Dalia y tragó saliva cuando el sombrero morado de la alegre pluma, el sombrero de la abuela Flora, apareció flotando frente a sus ojos, pero apartó el rostro de ella—. Creo que lo que yo no consigo recordar de ese día tiene algo que ver con mi abuela. Y puede que sea algo... malo.

Necesaria le tocó el hombro.

—No tendría por qué.

—Tenemos que descubrir qué pasó —dijo Dalia, cuadrándose de hombros—. Aunque... —Se le llenaron los ojos de lágrimas—. Aunque creo que yo preferiría no saberlo.

Calamidad se sorbió la nariz y asintió:

—Tienes razón. Es mejor saber. Puede que perdiera la pelea. Seguramente fue así, pero al menos así demostraría que soy una trol, aunque me ganaran. ¿Cómo pretendéis encontrar el martes perdido?

Dalia le explicó su plan y por qué tenían que encontrar la casa de Morgana.

—Está en Nabovía —le explicó.

La trol asintió.

—Sé dónde está. Os mostraré el camino —dijo. Se levantó, y la cueva entera se sacudió. Dalia parpadeó cuando la joven trol se alzó sobre ellos desde una altura de más de tres metros. Al ver sus caras de sorpresa, Calamidad se encogió de hombros, y la prolija trenza pelirroja cayó sobre uno de sus hombros—. Sí, soy la trol más bajita que habéis visto en vuestra vida, ¿verdad? Me lo dicen mucho —confesó con una sonrisa triste que resultaba aún más sorprendente si cabe, porque exhibía una dentadura perfecta.

Dalia sacudió la cabeza. Calamidad era la única trol que había visto en su vida.

Cuando salieron de la cueva al valle, Dalia no pudo evitar pensar que formaban la comitiva de criaturas más extraña que debía de haberse visto nunca. Desde Emplumado, el dragón añil perlado, pasando por la robusta trol Calamidad, la bajita Necesaria Gracia, el huesudo Víctor Aveces, el monstruo Teófilo y ella misma. Y, por un instante, al salir al calor del sol, experimentó una rara sensación de orgullo al contemplar el pequeño ejército que había reclutado para rescatar a Morgana y el día perdido.

Bueno, o la sintió hasta que vio la tormenta de troles que los aguardaba al otro lado.

Y de la bolsa peluda surgió un leve:

—*Ay, mi madre.*

17

El ejército trol

Debía de haber cerca de veinte troles, aunque parecían más, porque todas medían unos cuatro metros y medio, desprendían un hedor que llegaba al cielo y vestían lo que parecían trocitos de huesos y dientes humanos a modo de bisutería extraña y deforme.

Dalia retrocedió un paso sin querer cuando trajeron a la trol más grande y peluda al frente en un gran trono hecho de huesos. Aquella trol llevaba lo que parecía un chaleco viejo y una falda de cuero, y el cuerpo gris piedra cubierto de líquenes. Y al abrir la boca, les dedicó una sonrisa lastimera rebosante de dientes musgosos.

—¿Humanos, Calamidad? ¿Qué te tenemos dicho de lo de jugar con la comida?

Calamidad se mordió el labio.

—Mmm, puedo explicarlo, mamá.

La jefa trol soltó un suspiro que Dalia reconoció de in-

mediato: había visto expresiones parecidas en el rostro de su madre muchas veces antes.

—¿En serio? Estábamos buscándote... Lo de huir no es muy de troles.

Las troles que la rodeaban se pusieron a crujirse los nudillos y a golpear con las mazas en el suelo para demostrar su acuerdo.

—Les he dicho que eres joven, que estás asustada y que aún no estás preparada para aceptar tu destino, que tienes miedo de seguir los nobles pasos de tu padre —dijo, señalando la enorme jaula que había bajo su trono en la que estaba embutido un trol más pequeño. Levantó tres dedos pedregosos para saludar a su hija con tristeza—. Pero me negaba a creer que fuera cierto que hubieras acudido a la bruja que vive al otro lado de la cueva en busca de ayuda. Salvo porque..., bueno, aquí estás.

Calamidad se retorció la trenza pelirroja con nerviosismo.

—No es eso —se defendió, mirando al suelo.

Dalia dio un paso al frente.

—Es la bruja la que necesita de su ayuda.

La jefa trol parpadeó los enormes ojos color musgo.

—¿Acaba esa insignificante hormiga de dirigirse a mí? —preguntó, perpleja.

Se oyeron risotadas por doquier.

Emplumado también dio un paso al frente e inclinó la cabeza en actitud amenazadora. Sus ojos dorados refulgían.

—Ah, veo que los humanos se han traído una mascota —comentó—. Me alegro de que hayas pensado en nosotros. Un puñado de humanos huesudos no nos iban a dar para cenar. Este bicho, sin embargo, sí que nos servirá —añadió, admirando el considerable tamaño de Emplumado.

El dragón gruñó, y de sus ollares brotaron volutas de humo.

—¡Apresadlos! —ordenó la jefa trol.

Una de las troles que los rodeaban agarró a Dalia y la levantó. A Dalia empezó a zumbarle la mente e hizo algo que era a la par valiente y estúpido.

—¡Verrusga! —gritó.

A su alrededor, todo el mundo contuvo un grito.

—¡Se ha atrevido a pronunciar el nombre de nuestra mejor guerrera! ¿Acaba de llamar a Verrusga por su nombre?

De repente, una enorme trol de cinco metros de altura se adelantó a todas las demás. Su piel parecía granito, su cabellera pelirroja era una colección de bucles llenos de nudos que parecían colas de serpiente y sus ojos color antracita refulgían con un fuego helado.

Dalia tragó saliva.

—Quieres saber qué pasó el martes pasado, ¿verdad? Lo que pasó en la batalla, ¿no?

—¡SÉ LO QUE PASÓ!—rugió ella.

Dalia sacudió la cabeza, tragó saliva, hizo acopio de todo el valor que contenía su cuerpo y todo el aire que le cabía en los pulmones y gritó:

—¡NO, NO LO SABES! ¡NO LO SABES NI TÚ NI NADIE!

Un silencio ensordecedor los envolvió, luego las troles empezaron a murmurar entre ellas.

La trol que la sostenía le apretó dolorosamente por la cintura.

—¿Espachurrarla? ¿Puedo espachurrarla?

En torno a ellas todo eran murmullos de apoyo.

—A Lerdicia le gusta espachurrar —dijo la trol, refiriéndose a sí misma en tercera persona—. Soy la mejor espachurradora.

Mientas la trol la sacudía, la bolsa peluda se abrió y parte de su contenido se estrelló contra el suelo, incluyendo la última de las pociones de la abuela Flora: «Sueño». Teófilo sacó una patita verde y peluda para evitar que se rompiera y se la tiró a Lerdicia, que cayó de espaldas, soltó a Dalia y rompió a roncar como una apisonadora.

Varias de las troles tuvieron que contener un grito. A todas vistas, la magia les aterrorizaba.

Dalia le susurró a Teófilo un gracias y luego recogió la bolsa. Las troles retrocedieron. Dalia frunció el ceño. No sabían que aquella era su última poción. Y aquello le infundió valor.

—Verrusga —dijo de nuevo.

Aquella vez, a nadie le pareció mal que se hubiera atrevido a pronunciar su nombre. Aquella ilusión mágica le había otorgado cierto respeto, así que se apoyó en ella para hacerse oír.

—Por supuesto que sabemos que lo más probable es que derrotaras a Calamidad. Solo hay que verte, ¿qué otra cosa podría haber pasado?

El estruendo de silbidos, entrechocar de puños y mazas arañando el suelo se apoderó del aire.

—Y, aun así —susurró Dalia, y todas callaron al instante—. Aun así —prosiguió, llenando el silencio—, aquí tenéis a Calamidad, sin un solo rasguño. ¿Cómo es posible?

—¡PORQUE NO LLEGAMOS A LUCHAR! ¡SI NO, ESTARÍA MUERTA! —bramó Verrusga, golpeándose el pecho con unos puños como rocas.

Dalia se encogió de hombros.

—¿Estás segura? ¿Lo están las demás?

Verrusga rugió.

—YA BASTA. TE VOY A ESPACHURRAR YO MISMA. ME DA IGUAL LA MAGIA QUE TENGAS.

—Podrías espachurrarme, pero eso no te ayudará a descubrir si en realidad le ganaste. Pero sé cómo podemos averiguarlo.

La jefa trol miró a Dalia con los ojos entrecerrados.

—¿Tú sabes qué pasó?

Dalia negó con una sacudida de cabeza.

—No, pero...

Se oyeron gritos por doquier.

—¡Acaba con ella! ¡Espachurrar! ¡Espachurrar!

—¡Pero sé por qué nadie sabe qué pasó! —exclamó Dalia.

—¿Qué quieres decir? —preguntó Verrusga, quien por fin había dejado de aullar.

—El martes pasado ha desaparecido, y con él todos nuestros recuerdos de lo que pasó aquel día, inclusive lo que pasó entre Calamidad y tú en el campo de batalla. Robaron el día usando un conjuro.

—¡Magia! ¡Sabía que era cosa de magia! —exclamó Verrusga.

Muchas de las otras troles también asintieron. Una de ellas agarró a Calamidad.

—¡Fuiste tú! ¡Tú haces cosas de humanos!

—Ella no ha tenido nada que ver. El hechizo lo lanzó un Hermano de Vol.

—¿Esos humanos chiquitines que visten con sábanas marrones y han intentado hacer leyes que nos prohíben acercarnos a ellos? —preguntó la trol jefa.

Dalia asintió. Agradeció que la reputación de entrometidos que tenían los Hermanos de Vol hubiera llegado hasta Trolandia.

—La bruja que vive en el valle me ha pedido que la ayude a encontrar el hechizo y recuperar el día perdido.

—¿Tu ayuda? ¿Y por qué tú?

—Porque ese es mi poder: encuentro cosas que están perdidas.

—¿Y si encuentras este hechizo, todos recordaremos qué ha pasado? ¿Si luchamos o si gané? —preguntó Verrusga.

Dalia asintió.

Una nube de murmullos las rodeó. Los troles no eran propensos al miedo, salvo en lo que a la magia respectaba. Porque a la magia no se la podía combatir con fuerza bruta, ni se la podía encerrar en una jaula ni hacerla sentir inferior por su tamaño... y eso era algo incomprensible para los troles.

La jefa trol parecía a punto de cambiar de idea. Hasta Verrusga dudaba.

—Iré yo —se ofreció Calamidad—. Iré con ellos y los ayudaré a recuperar el día.

Gritos contenidos.

—Jefa madre, sé que no soy precisamente lo que tú consideras que debería ser una trol. Y si recordamos lo que pasó, estoy bastante segura de que resultará que perdí. Pero esto sí que lo puedo hacer: puedo ayudar —dijo y tragó saliva con nerviosismo.

Entre las troles aparecieron unas cuantas expresiones de alivio. A ninguna le apetecía particularmente acercarse mucho a la magia. La jefa trol asintió.

—Muy bien.

—Pero si lo consigue —se apresuró a decir Dalia, adelantándose a las troles—, si consigue ayudarnos a recuperar el martes pasado y nuestros recuerdos, creo que Calamidad se merece otra oportunidad. En su futuro no debería haber jaulas. Hay que aceptarla como es.

La madre de Calamidad guardó silencio durante un buen rato y decidió:

—De acuerdo.

Dalia se apresuró a añadir.

—Y, bueno, creo que también habría que liberar a su padre.

—Oh, yo intentaría no *pazarme* —susurró Teófilo desde la bolsa.

—Saldrá cuando reconozca que teníamos que haber preguntado cómo llegar a la fiesta trol hace doce lunas.

—Jamás —respondió el padre de Calamidad.

La jefa trol se encogió de hombros.

—Tú mismo. —Luego se quitó el largo cordel de cuero que llevaba al cuello y del que colgaba un extraño silbato de hueso.

—Deposito toda mi confianza en Calamidad, pero si nos necesitáis, sopladlo.

Y así fue como, para su absoluto asombro y conmoción, Dalia tuvo en su poder un silbato capaz de convocar un ejército trol al completo.

18

La casa de la bruja

—¿Y cómo demonios vamos a conseguir que quepan una trol y dragón por ahí? —dijo Víctor Aveces, señalando la pequeña cabaña en ruinas situada en lo más profundo del valle.

—No tengo ni idea —reconoció Dalia, a quien a medida que se acercaban se le abrían más y más los ojos.

La casita era minúscula, con una única ventana y una puerta envejecida, que colgaba de las bisagras.

—Me cuesta imaginar a Morgana Vana viviendo aquí —dijo Necesaria con cara de desconcierto.

Dalia no pudo evitar estar de acuerdo. Se acordó de cuando la bruja había mencionado que tenía «otra bodega», y de que eso la había hecho pensar que la casa de Morgana era bastante grande, no la cabañita que ahora tenían delante.

Dalia intentó abrir la puerta, pero estaba cerrada con llave.

A veces probó con la ventana, aunque tampoco se movía.

—Igual tenemos que romperla —concluyó Necesaria.

La bolsa se sacudió levemente y oyó cómo los lamentos de «¡Ay, mi madre! «¡Ay, tía avariciosa! ¡Ay, maldita Teodora!» iban creciendo en intensidad. Frunció el ceño, porque al colbato, por lo general, solo le alteraba tanto el maleficio que sufrían por culpa de su tía cuando estaba cerca de magia muy potente.

Dalia agarró una piedra y se la tiró a la ventana, pero apenas le hizo un rasguño y ni siquiera hubo cambios cuando Calamidad intentó introducir el puño, de considerable tamaño, por el cristal, tampoco cuando trató de echar la puerta abajo con uno de sus pies como pedruscos.

Dalia sacó la librújula, cuya aguja daba vueltas como loca, de pura confusión.

—Teófilo ha notado algo. Creo que a esto le han lanzado algún tipo de encantamiento.

Necesaria abrió los ojos de par en par, acto seguido sacó la piedra de bruja y miró por el agujero.

—Sí, ¡ay, dios, no te lo vas a creer! —exclamó.

—¿Qué pasa? —preguntó Dalia.

Necesaria le tendió la piedra para que pudiera verlo por sí misma.

Dalia miró por el agujerito de la piedra y contuvo un grito.

La casa, en realidad, era un castillo dorado con torretas de mármol y chapiteles que brillaban en lo alto del cielo. En lugar de frente a una puerta medio desvencijada estaban frente a unos portalones de madera pulida de cinco metros de altura lo suficientemente

altos como para que cupiera por ellos la más alta de las troles.

Dalia fue pasando la piedra para que Aveces, Emplumado, Calamidad y Teófilo pudieran verlo, y hasta el colbato quedó impresionado, aunque luego volviera a cerrarse a cal y canto en la seguridad del interior de la bolsa.

Piedra en mano, Dalia probó a abrir la puerta, cosa que consiguió de inmediato con un repiqueteo ensordecedor. Teófilo estaba en lo cierto: la piedra de bruja funcionaba cuando te encontrabas fuera de lo que estuviera encantado.

—Vamos —dijo, adentrándose en un largo pasadizo.

En las paredes había cuadros de objetos y plantas de lo más curioso. Víctor Aveces se detuvo frente a un bote de mermelada que contenía una flor morada, cuya silueta se asemejaba vagamente a una casa, y frunció el ceño.

—Vaya, no sabía que le interesara la botánica mágica... Aunque supongo que tratándose de Morgana...

Los rincones del pasadizo estaban decorados con estatuas, o con algo que parecían estatuas, salvo porque parecían estar durmiendo...

—¡Ostras! —exclamó Necesaria, mirándolas con tristeza—. ¡Son figuras de piedra encantada! La especialidad de Rubí. Lo mejor será que no nos acerquemos mucho. Una vez, de pequeña, tuve que combatir a una. A Rubí le pareció que era un buen entrenamiento.

—¿Y lo era? —preguntó Dalia.

—Para cosechar unos buenos moratones, sí, muy bueno.

Intercambiaron una sonrisilla.

A la izquierda había un pasadizo más estrecho que daba a un tramo de escaleras de piedra. Dalia se detuvo frente a él.

—Igual deberíamos ir por aquí... —Todos asintieron. Por mucha curiosidad que a Dalia le causara conocer el resto del castillo, necesitaban ir a la cocina—. Vamos, tenemos que encontrar la despensa para llegar hasta Morgana.

Los demás la siguieron escaleras abajo, hasta la cocina que había en el sótano. Entraron allí a toda prisa y dejaron atrás una enorme mesa de madera y unos viejos fogones color verde bosque.

Al otro lado de una puerta lateral que la separaba de la cocina, encontraron una despensa bastante grande.

—Aquí es —propuso Dalia una vez dentro.

Contaba con docenas de estanterías y a ambos lados había escalones que Dalia supuso que debían llevar a distintas bodegas.

—Tiene que ser una de estas —dijo Dalia, expresando sus suposiciones en voz alta—. La primera noche de viaje, cuando acampamos, mencionó que se había dejado algo en la otra bodega..., lo que implica que el portal funciona en un único sentido —concluyó.

Estaban a punto de dar media vuelta y buscar en otra de las bodegas cuando vio algo que reconoció.

—Esperad —dijo Dalia, que vio una silla plegable junto a un caldero de hierro, una mesa y dos escobas, ¡y una de ellas era Susurro!—. Tiene que estar por aquí —aventuró. Apoyó las manos contra la pared y palpó la superficie. Tenía que estar allí, ¡tenía que estarlo! Entonces, de repente, sus dedos traspasaron la piedra hasta que tocó algo suave y

aterciopelado... ¡como el forro de una capa!—. ¡Aquí está! —Dedicó a sus amigos una mirada nerviosa y dijo—: Yo iré primero.

El propio Aveces también parecía un poco nervioso.

—Iremos justo detrás de ti —le aseguró.

Dalia inspiró hondo, agarró la bolsa en la que estaba Teófilo y se abrió paso entre la pared y la tela. Estuvo cayendo hasta que aterrizó hecha un ovillo sobre el suelo de piedra de una estancia oscura y polvorienta, envuelta en los fuertes quejidos de Teófilo.

—Baja el volumen —siseó Dalia, frotándose la cabeza. Alzó la vista y vio que la capa colgaba de un gancho sobre su cabeza.

Pero ¿Morgana dónde estaba?

Dalia se levantó, justo cuando Aveces cayó a

través de la capa, seguido de cerca por Necesaria, quien aterrizó sobre él con las gafas ladeadas.

—¡Ay! —murmuraron los dos.

Aveces se zafó del revoltijo, cruzó la estancia e hizo un ruido raro. Dalia y Necesaria no tardaron en descubrir por qué. En el suelo había un hermano tendido de espaldas con un chichón amoratado en la frente.

—Está noqueado —confirmó Aveces, y los ojos se le pusieron vidriosos y cayó de espaldas cuando le sobrevino el recuerdo. Un instante después, aún con los ojos blancos y nublados, prosiguió—: Es un guarda carcelero. Encerraron a Morgana en esta mazmorra, ella esperó hasta que entró y luego le golpeó en la cabeza con una olla de la despensa, después le robó las llaves. Lo último que vio el guardia antes de perder la conciencia fue que colgaba la capa de un gancho. Debe de haberlo hecho para que podamos encontrarla —dijo, justo cuando un gigantesco pie de trol emergió de entre los pliegues de la capa.

—Muy astuto —reconoció una voz tras ellos acompañada por una salva de aplausos burlones.

—*Ay, mi madre* —gimió Teófilo.

Dalia giró sobre sus talones y vio que varios Hermanos de Vol, entre los que se encontraba el alto maestre, estaban entrando en la estancia.

—Ostras —dijo Aveces, que se desplomó como un peso muerto.

19

Magia en Volkana

Un grupo de sacerdotes se congregó en la celda y un hermano granujiento que resultaba vagamente familiar dio un paso al frente.

—Quemadla —ordenó.

—¿Qué? —dijo el alto maestre con expresión perpleja y el ceño fruncido cuando uno de los hermanos alcanzó una vela que había en un candelero y se la arrojó a la capa. Prendió de inmediato.

—¡Detente! —gritó Dalia.

Necesaria alzó las manos y todos vieron cómo las llamas se detuvieron durante prácticamente un segundo entero, tiempo suficiente para ser testigos de cómo el enorme pie de la trol desaparecía de nuevo, seguido por el ojo dorado de Emplumado, que los estaba observando por entre los pliegues de la capa.

Dalia se desmoronó de alivio, contenta de que Calamidad y Emplumado hubieran retrocedido para ponerse a salvo antes de que la capa ardiera en llamas. Sin embargo la desesperación reemplazó al alivio cuando observó que su única vía de escape se reducía a humo.

—No podemos permitir que volváis a usarla —explicó el hermano, como si hubiera presentido sus pensamientos.

Ahora que lo miraba bien, Dalia lo reconoció como el que había huido de Morgana y de ella para ir a llamar al alto maestre en Colina Taimada.

—Una cosa, señorita —dijo entonces el alto maestre con aquellos ojillos negros como piedras abiertos de par en par—. No sé qué pretendes. Si crees que has venido a raptar a nuestra... —Miró a su alrededor y se le transformó el rostro de sorpresa cuando vio al guardia en el suelo—. Pero ¡Dios mío! ¿Qué ha pasado? ¿Dónde está Morgana Vana? ¿Qué le habéis hecho? —le preguntó a Dalia. Los ojos del alto maestre se clavaron inmediatamente en los restos calcinados de la capa—. ¿Ha escapado? ¿Habéis visto qué ha pasado?

El joven hermano se acercó y le apoyó una mano en el hombro al alto maestre.

—No hay de qué preocuparse, está todo controlado. Hemos trasladado a la bruja...

—¿Trasladado? —repitió el alto maestre, parpadeando. Dalia percibió confusión en sus ojos pequeños y oscuros—. ¿Qué está pasando aquí? ¿De qué va esto? —preguntó.

—Nada de lo que tengas que preocuparte —lo tranquilizó el hermano, palmeando el hombro del alto maestre—. Es sencillo de explicar.

El alto maestre parpadeó y se fijó en Aveces, que yacía tendido en el suelo junto con el guardia inconsciente.

—Pero ¿por qué la han trasladado? ¿Por qué no se me ha informado?

Víctor Aveces tenía los ojos enormes y vidriosos, de sus labios escapó un leve susurro:

—El muchacho..., el muchacho usó el hechizo en su segundo intento para arrebatarle su puesto al alto maestre.

—¿Qué? —jadeó el alto maestre—. ¿Qué acaba de decir?

—El muchacho usó el hechizo en su segundo intento para arrebatarle su puesto al alto maestre —repitió Aveces antes de cerrar los ojos y volver a caer como un peso muerto.

El alto maestre se inclinó e intentó despertar a Aveces, pero estaba fuera de juego.

—Ridículo. ¿Por qué iba a decir algo así? ¿Un hechizo? ¿Magia en Volkana? Un absoluto sinsentido. ¿Arrebatar el poder? Yo soy el alto maestre. Nadie osaría a hacer tal cosa. Me parece que este hombre no se encuentra bien.

El joven hermano, el de la cara llena de acné, asintió.

—Sí, debe de ser eso. No se encuentra nada bien. Creo que tal vez deberías llevarlo a la enfermería, entonces podremos ocuparnos de estos..., bueno, niños, también de sus amigos y sus particulares historietas cuando regreses. —Dos hermanos dieron un paso al frente para levantar a Víctor Aveces, y el alto maestre añadió—: Sí, probablemente sea lo mejor, Bosco —dijo, dirigiéndose a él.

Dalia se puso tensa. ¿Bosco? Las palabras de la flor de la memoria reverberaban dentro de su cabeza. «El muchacho al que llaman Bosco lanzó el encantamiento oculto desde el interior de la fortaleza.»

Reprimió un grito y luego miró a Aveces, quien seguía inconsciente.

—Esperad —pidió Dalia, pensando a toda prisa—. Es un vidente de lo olvidado, un vidente que ve el pasado, y vio a ese muchacho, Bosco, usando un hechizo para robar el martes pasado, un hechizo que podría terminar destruyendo el mundo si no lo revertimos. Por favor, tenéis que ayudarnos.

El alto maestre soltó un resoplido.

—Menudo sinsentido. ¿Bosco tratando de hacerse con el poder? ¿Magia aquí, en Volkana? Llevamos siglos tratando limpiar Starfell de esta basura, de erradicar este mal del mundo. Y jamás permitiremos que penetre aquí... Jamás.

Duró solo un instante, pero Dalia vio la ira en el rostro del joven hermano Bosco.

—No, es cierto. Tú no lo permitirías —dijo con desprecio.

El alto maestre lo miró con expresión ceñuda.

De la silueta inmóvil de Víctor Aveces brotó un murmullo.

—Los Encantamientos Perdidos de Starfell estuvieron ocultos durante milenios en una caja dorada, oculta en una fortaleza, hasta que el muchacho al que llaman Bosco los encontró y decidió usarlos para su beneficio...

La tez del alto maestre se volvió pálida. Se tambaleó ligeramente. Se quedó boquiabierto y miró a Bosco entre parpadeos.

—N-no puede ser cierto. Lo que están diciendo... Tú nunca habrías... No habrías sido capaz de encontrarlos y usarlos, ¿a que no? —Tenía una mano sobre el corazón. Dalia se dio cuenta de que le costaba respirar.

Bosco compuso una mueca desagradable. Miró a Dalia y a Víctor Aveces, que había vuelto a desmayarse, con lo que parecía una mezcla que asombro y frustración.

—No teníais nada mejor que hacer que traer con vosotros a un vidente de lo olvidado.

Dalia frunció el ceño.

Dalia frunció el ceño.

—¿Qué?

Bosco suspiró.

—Había esperado contar con más tiempo..., o estar al menos en un entorno más favorable —dijo, contemplando la mazmorra con cierta repulsión.

Algunos de los hermanos intercambiaron con él una sonrisa cómplice.

Dalia sintió que algo se helaba en su interior cuando el muchacho prosiguió.

Bosco miró al alto maestre, y su boca se convirtió en una sonrisa tensa y arisca.

—Ya no hay necesidad de seguir fingiendo, alto maestre. Me temo que el secreto ya no lo es tanto, ¿no se da cuenta? Al final la verdad siempre sale a la luz, por mucho que intentes ocultarla. —Rebuscó en el interior de su toga y extrajo una cajita de ella.

El rostro del alto maestre palideció cuando vio lo que Bosco tenía en las manos.

—¿Qué secreto? Bosco, piensa lo que estás diciendo... y a quién se lo estás diciendo —aconsejó, dedicando una elocuente mirada a Dalia y sus amigos, para luego volver a clavar los ojos en la caja—. No querrás que se marchen de aquí con una impresión equivocada. No podemos permitir que crean que alguna vez se permitirá que la magia penetre en Volkana...

—¡BASTA! —bramó Bosco. No parecía ni la mitad de joven y asustado que cuando lo habían conocido en Ciudad Taimada. De hecho, ya ni siquiera parecía joven. Los granos habían desaparecido y tenía el rostro liso y tenso, a juego con la expresión de sus ojos.

Dalia parpadeó. Era como si hasta aquel momento hubiera estado sirviéndose de la magia para parecer menos poderoso. Pero ¿cómo era aquello posible?

Su voz era fría.

—MENTIRAS. Son todo mentiras, y me he cansado de todas. Apresadlo —ordenó, y tres hermanos dieron un paso al frente para llevarse al alto maestre.

—¿Bosco? ¿Esto qué es? ¿Una rebelión? —se le quebró la voz—. Entonces, ¿todo lo que han dicho es cierto? Bosco, hijo mío, ¿por qué?

—Ahora me reconoces —dijo Bosco, haciendo rechinar los dientes—. Que Vol me asista. Pero ya es tarde para eso, padre, demasiado tarde, me temo. Tal vez si hubieras considerado, aunque solo hubiera sido una vez, despreocuparte de tu reputación y aceptarme como tu hijo y heredero..., tal vez las cosas hubieran sido distintas. Pero eres débil, y eso es algo que ya no podemos consentir en un líder.

Dalia frunció el ceño. ¿El alto maestre era el padre de Bosco?

El alto maestre parpadeó.

—Yo, yo creía que entendías que un hombre de mi posición..., bueno, no podía reconocer públicamente que eres mi hijo...

Bosco negó con una sacudida de cabeza.

—No, padre, elegiste mantenerlo en secreto porque te avergonzabas de quién era mi madre.

—Tenía miedo de lo que alguien pudiera hacer si lo descubrían, de lo que parecería. Tienes que entender ¡que no era porque no me importaras!

—Sí, porque ¿qué impresión daría que todo el mundo supiera que el alto maestre se había enamorado de una bruja y tenía un hijo por cuyas venas corría magia?

Dalia y Necesaria contuvieron un grito. Un Hermano de Vol ¿hijo de una bruja?

Al alto maestre se le pusieron las mejillas moradas. Se balanceó sobre las punteras de los pies y empezó a mover las manos como si así pudiera limpiar lo que Bosco había dicho, pero los guardias lo retuvieron.

—Bosco, por favor, detén esto.

Bosco miró primero al alto maestre, luego a Dalia y Necesaria.

—El alto maestre, por supuesto, era el único que conocía la verdad sobre... mi procedencia. Pero lo mantuvo en secreto durante años, incluso para mí.

El Alto Maestre balbució.

—Bo-Bosco, lo hice por tu bien. Para protegerte.

—No —dijo Bosco con los ojos helados—. Lo hiciste por tu propia protección, por si acaso alguien descubría que mi madre, Molsa, era la hermana de la infame bruja Morgana Vana.

—¿Morgana? —exclamó Dalia.

Del interior de la bolsa brotó un gritito lo suficientemente alto como para que lo oyeran.

Bosco asintió.

—Sí, Morgana, mi *amada* tía, me trajo aquí tras la muerte de su hermana y me dejó a su cargo —dijo, señalando al alto maestre—. Aunque mi padre, por supuesto, jamás se lo dijo a nadie —rezongó.

El alto maestre parpadeó.

—Bosco, tienes que comprender que me preocupaba lo que la gente pudiera hacerte si se enteraban...

—Ah, pero si lo comprendo. Lo comprendo mejor de lo que te piensas. Recuerda que me criaron para creer que las personas como yo estábamos manchadas, éramos impuras. Fuiste al primero que acudí cuando mi magia afloró, cuando estaba preocupado, atemorizado. Pero también esperanzado, porque aquello quizá significara algo. Al fin y al cabo, era un hermano de Vol. Siendo ese el caso, la magia no podía ser mala, ¿verdad? Pero ¿qué me dijiste cuando más te necesitaba?

El alto maestre palideció aún más. Boqueaba incontrolablemente.

—Me dijiste que te daba asco, que tenía que deshacerme de mi abominación... Y me obligaste a rezarle a Vol a diario para que me despojara de mi magia. Ay, cómo te maldije cuando descubrí la verdad sobre quién soy en realidad, sobre mis orígenes.

—Quería ayudarte, nada más. Yo...

—¿Ayudarme? No, querías castigarme por lo que habías hecho. En ningún momento se te pasó por la cabeza contarme que mi madre era una bruja ni tampoco buscar la manera de ayudarme de verdad. Pero... aprendí a apoyarme en mí mismo, y, al final, padre, el ciego has resultado ser tú. —Bosco escupió—. Menudo ciego. Y bajo tu propio techo. ¿Ni siquiera te has imaginado, no te has parado a pensar cómo conseguimos hacernos con esto, por ejemplo? —dijo, enarbolando un par de grilletes que emitían un resplandor azul en sus manos.

—Eran dones... de Vol ocultos en las mazmorras desde hace siglos... —respondió el alto maestre, aunque cada vez parecía más inseguro.

Bosco se mostró divertido.

—Te equivocas de nuevo. Estos los fabriqué yo mismo. Tienes demasiada fe en las mentiras que nos han contado. Y eso es lo que nos debilita. Eludir la verdad siempre debilita. Pero ahora conozco la verdad y sé por qué estalló aquella guerra hace tantos años. No fue para erradicar la magia del mundo porque fuera malvada, sino para recuperarla —susurró—. Para devolverla adonde pertenece, con nosotros.

La sonrisa que exhibía era gigante y espantosa, y a Dalia le provocó un escalofrío.

—No —jadeó el alto maestre—. Eso es mentira. Nunca pretendimos usar la magia, jamás. Solo pretendíamos proteger a los demás de ella.

Bosco lo miró y se permitió esbozar una sonrisilla.

—Lo mismo que me dijiste la primera vez. No se puede negar que eres coherente.

—¿La primera vez? ¿A qué te refieres?

A Dalia le iba la cabeza a toda velocidad mientras las

piezas del rompecabezas flotaban en su mente, encajando poco a poco.

—Por eso lanzaste el hechizo, ¿verdad? Para borrar el recuerdo, ¿no? El recuerdo del día que intentaste hacerte con el poder por primera vez.

Bosco se dirigió a ella:

—Sí. Chica lista. Aquel primer intento salió muy mal y me sabotearon. Pero haciendo desaparecer aquel día se me presentaba una nueva oportunidad..., y sabía que esta vez saldría bien. —Se volvió para mirar al alto maestre—. Verás, padre, ya hemos tenido esta conversación..., aunque no estaba tan preparado como lo estoy ahora. Fue un poco distinto. Fue a mí a quien encadenaron cuando me descubriste con los encantamientos...

Bosco chasqueó los dedos, y un hermano avanzó para cerrar los grilletes en torno a las muñecas del alto maestre.

—¡Bosco, no!

—Fui muy cuidadoso, o eso creía yo... Me aseguré de que en Volkana nadie estuviera al tanto de la rebelión que planeaba, más allá de los hermanos a los que habría confiado mi vida. Y estaba en lo cierto. Aquí no lo sabía nadie. Pero no contaba con que a miles de kilómetros de aquí una bruja se lo imaginaría, o que temía lo que implicaría: que estos encantamientos serían tan poderosos como los últimos hechiceros de Starfell, así que intentó advertiros enviando un cuervo. En un primer momento no le diste crédito. Pero luego me descubriste con la cajita y apresaste a tu propio hijo. —Al recordarlo, se le ensombrecieron los ojos con odio—. Tú no eres mi padre. Lleváoslo —ordenó, y sacaron al alto maestre a rastras y entre gritos.

20

Suficiente para hacer explotar a un colbato

—**M**organa —jadeó Dalia cuando Bosco se volvió a mirarla—. Fue la bruja que vio lo que estabas planeando, ¿no?

Bosco ladeó la cabeza con algo que casi casi parecía una sonrisa.

—Brujita lista.

Dalia cruzó una mirada con Necesaria. Quizá aún tuvieran alguna posibilidad de escapar y encontrar a Morgana. Sabía que era importante que siguiera hablando, al menos.

—Pero ¿cómo conseguiste el hechizo para robar el día si te tenía encarcelado?

—Mi padre no tuvo el valor de llevarme a las mazmorras. No podía hacerle eso a su único hijo. Pero el guardia era un hermano leal a mí y a mi causa. Lo convencí para que me ayudara a escapar y recuperar los encantamientos para tener una segunda oportunidad. Aunque antes tenía que borrar los recuerdos de mi primer intento y atraer a Morgana para que no pudiera boicotearme por segunda vez. Y lo conseguí..., y esta vez lo haré bien. Caiga quien caiga.

En el suelo se oyó un ruido. Aveces por fin estaba recuperando la conciencia. Se incorporó, con la cara blanca como una sábana.

—¿Qué has hecho? —le preguntó a Bosco.

—Lo que había que hacer. Mi padre no era el único a quien había que detener...

En aquel preciso instante dos hermanos entraron en la celda trayendo a Morgana Vana. Su cuerpo estaba inmóvil y tenía los ojos cerrados.

—¡NO! —exclamó Dalia, corriendo hacia ella.

Uno de los hermanos la agarró por la cintura.

—¿Está muerta? —jadeó Dalia, que notó cómo se le retorcía el estómago de miedo y remordimiento.

—Por desgracia, no —respondió Bosco—. Aunque lo he intentado. Se las ha apañado para sumirse en una especie de sueño protector..., aunque lo que se merece es la muerte.

—¿Por qué? ¿Porque avisó a tu padre de lo que estabas planeando? ¿Porque le dijo que te habías hecho con los hechizos? —preguntó Necesaria.

Bosco sacudió la cabeza.

—No es solo eso. Fue ella quien me trajo a Volkana, aunque sabía que desarrollaría poderes mágicos. ¿Cómo no desarrollarlos, siendo hijo de su hermana? Pero aquí me dejó a pesar de todo, consciente, probablemente más consciente que nadie, de lo que mi padre y los hermanos opinaban sobre las personas que poseen magia, y cómo me criaría para hacerme creer que todo en mí estaba mal. Solo por eso ya se merece sufrimiento, pero se lo merece aún más por interponerse de nuevo en mi camino y tratar de abortar mis planes.

»Albergaba la esperanza de que cuando lanzara el hechizo y robara el martes nadie, ni siquiera la gran Morgana Vana, recordaría ese día y lo que había sucedido. Aunque sabía que para Morgana sería algo temporal. Pese a que el encantamiento le hiciera olvidar el pasado, aunque modificara el tejido del tiempo, no evitaría que pudiera ver el futuro y dedujera lo que había hecho, y mucho menos con sus poderes...

Dalia parpadeó ante aquella repentina revelación. Claro, Morgana, que parecía capaz de cualquier cosa...

—Es una vidente.

Tenía sentido. Sobre todo por cómo planificaba y tenía información, por ejemplo, de que la apresarían y de que Dalia encontraría el extraño jardín en la antigua casa de infancia de Víctor Aveces, o de que conocería a Necesaria Gracia. Dalia recordó cómo de vez en cuando a la bruja se le nublaba la vista, casi igual que a Víctor Aveces...

Pensó en cómo había criticado a aquellos que se hacían llamar adivinadores y decían tener información de los muertos, como si supiera cómo funcionaba en realidad la adivinación.

—Supongo que es la única vidente verdadera de todo Starfell. —Bosco sonrió a regañadientes—. Por eso necesitaba un plan astuto, algo capaz de engañar a una bruja. El encantamiento que elegí era perfecto, porque ocultaba lo que había sucedido el martes pasado, así que mi padre no recordaría mis planes ni se los vería venir. Pero sabía que era tiempo de prestado, porque el encantamiento alteraría el futuro, y la gran Morgana Vana se preguntaría por qué. Sabía que lo más probable era que terminara viniendo aquí, que no confiaría en enviar un cuervo para advertir a mi padre por segunda vez, pero en esta ocasión yo estaría preparado. Me pareció un plan bastante brillante. Así mataba dos pájaros de un tiro.

»Pero no sabía de tu existencia, no contaba con una niñita capaz de encontrar..., ¿qué es lo que encuentras?, ¿cosas perdidas? Supongo que la bruja creyó que podrías ayudarla a encontrar el día perdido. Quizá incluso pensó que podrías salvarla. Pero, para tu desgracia, no estoy dispuesto a arriesgarme. Ahora que sabes todo esto, no puedo permitir que sigas con vida.

Sacó de su toga un frasquito, en cuyo interior resplandecía un extraño líquido oscuro. Lo descorchó y comenzó a oler a tostadas quemadas y goma.

Dalia abrió los ojos de hito en hito. ¿Sería aquello lo que ella temía? Si estaba en lo cierto, era completamente ilegal. Su abuela le había contado que solo aquellos que albergan en su alma la maldad más absoluta podían fabricarlo. Del interior de la bolsa peluda se oyó un débil «¡Ay, **mi madre**».

—Veo que sabes qué es esto, niña. Es la poción de la muerte. Por desgracia, no funciona como poción arrojadiza: el único modo de conseguir que el efecto sea permanente es ingerirla. Pero el resultado es instantáneo, así que de verdad espero que haya suficiente para todos.

Chasqueó los dedos de nuevo y los demás hermanos avanzaron para apresar a Dalia, Aveces y Necesaria.

—¡No! —exclamó Necesaria al tiempo que alzaba las manos para inmovilizarlo, pero no funcionó. Mantuvo las manos levantadas. Siguió sin pasar nada.

Dalia tragó saliva.

—Me conmueve que creáis que vuestra magia pueda tener efecto en mí, como si no me hubiera puesto a salvo de ella con un hechizo protector en cuanto permití que Morgana Vana cruzara estas puertas. Aunque, bueno —Bosco acarició la cajita que contenía los hechizos—, he de reconocer que he disfrutado de este momento que hemos compartido. Poder revelar la verdad por fin es agradable, libera algo dentro. Pero ya basta de cháchara. Va siendo hora de despedirse...

Dalia abrió la bolsa de viaje lo más disimuladamente que pudo, rebuscando con la mano mientras hablaba... Yárbola le había dicho que sabría identificar cuándo era el momento adecuado para usar su regalo, y Dalia acababa de hacerlo. Sujetó la ramita del retoño que estaba dentro de la bolsa y desapareció al instante.

—Pero ¡por Starfell bendita! —exclamó Bosco.

Dalia se percató de que no podía verla y comenzó a avanzar lenta y cautelosamente hacia él.

Le arrancó

el frasquito que
contenía la poción de las manos
y lo lanzó contra la pared,
donde su contenido se derramó sin causar daños,

aunque el olor les hizo

ar^rugar

la

nariz.

Sin embargo, no tardó en perder la invisibilidad.

—¡Apresadla! —exclamó Bosco, y uno de los guardias corrió hacia ella.

Necesaria levantó las manos y lo inmovilizó. Por fortuna, Bosco no había compartido con sus hermanos el hechizo, cualquiera que fuera, que había usado para protegerse de la magia.

—Tenemos un segundo como mucho. ¡Haz algo! —exclamó Necesaria mientras los hermanos paralizados los miraban con cara de querer matarlos.

Dalia se fijó en su raída bolsa de viaje. Clavó la vista en el colbato, de un verde anaranjado, y pensó y pensó. Decían que si insultabas lo suficiente a un colbato... explotaba.

—Teófilo, antes de morir, tengo que decirte una cosa. Sé que tu padre era un gato y que tu madre, en realidad, no era colbato —mintió.

—¿Qué *dicez?*

Adoptó un color calabaza vivo y el pelo de la cola se le electrificó de rabia pura. Los ojos, enormes y desorbitados, refulgían de ira.

Dalia siguió farfullando, eligiendo cuidadosamente las palabras que más podían hacerlo enfurecer.

—¿No era una gata atigrada común y corriente? La única que en realidad era colbato era tu abuela, así que, técnicamente, ni siquiera eres un monstruo.

—¡ZOY **EL *MONZTRUO*** DE DE-BAJO DE LA CAMA! —rugió.

—No, ¡no eres más que un gato!

—¿ACAZO HACEN EZTO

LOZ GATOZ? —bramó justo cuando los hermanos recuperaron la movilidad y echaron a correr hacia ellos. Dalia les lanzó la bolsa a la cara.

—¡Agachaos! —les dijo a Necesaria y Aveces.

La explosión fue tremenda. La bolsa peluda de Dalia se hizo añicos con un estallido en cuyo centro resplandecía Teófilo como una bolsa de fuego. El techo se derrumbó y los hermanos salieron despedidos y cayeron de espaldas.

Bosco lanzó un grito enfurecido.

—¡Apresadlos! ¡Apresad a la muchacha!

De pronto, un potente rugido rasgó el aire y el suelo comenzó a temblar. Una presencia enorme, pesada y feroz acababa de aterrizar en el tejado, que ya comenzaba a desintegrarse. Pedazos de teselas y escayola llovieron sobre ellos. En mitad de aquella cascada de escombros, Dalia entrevió un dragón.

—¡Emplumado! —gritó.

El dragón los miró y saludó, muy tranquilo, con aquella voz profunda, cavernosa y sibilante:

—Buenas tardes. Me ha parecido que igual nos necesitabais.

Tras sus enormes alas, Dalia vio a una trol que parecía un poco nerviosa y les dedicaba una sonrisilla tímida. Calamidad. La trol sostenía la piedra de bruja y dijo:

—Resulta que Volkana tampoco estaba tan lejos. La hemos visto con esto y nos ha servido para entrar. No sé con qué magia protegen este sitio, pero claramente no funciona con las piedras de bruja.

—¡Magnífico! —exclamó Dalia.

Una tesela del techo golpeó a Bosco en la cabeza y un reguerillo de sangre se derramó por su rostro. Pese a ello, se abalanzó sobre Dalia.

—¡Ignoradlos! ¡Apresad a la chica! —ordenó.

Los hermanos dudaron, así que Bosco se acercó al cuerpo aún inmóvil de Morgana Vana y sacó un cuchillo de la toga. Miró fijamente a Dalia y dijo:

—Ríndete si no quieres que muera aquí y ahora.

Dalia se lo pensó mucho. En los años venideros pensaría muchas veces en lo que había hecho, pero lo cierto es que hizo lo único que podía hacer. Cerró los ojos, alzó las manos al cielo e invocó el encantamiento perdido.

Entonces la *magia,* la magia de Starfell, se puso alerta durante un instante, como si hasta aquel momento hubiera estado escuchando con un solo oído. Se acercó a aquella niña, que tenía el pecho repleto de esperanza y estaba intentando arreglar las cosas, y decidió arriesgarse. Y para grandísima sorpresa de Dalia, el hechizo salió volando de la cajita dorada y aterrizó en su palma extendida con un resplandor violáceo.

—No me dejas alternativa —dijo Bosco y apuñaló a Morgana entre las costillas.

Dalia contempló cómo la sangre de Morgana se extendía por la túnica oscura y su rostro palidecía a medida que la vida se le iba escapando gota a gota.

—¡NO! —exclamó, corriendo hacia la bruja.

El dolor de la herida despertó por fin a Morgana de su ensueño, aunque no por mucho tiempo, porque estaba comenzando a desvanecerse. Jadeó en busca de aliento.

—Hazlo, muchacha. Recuerda: *La preparación hace la perfección.*

A Dalia le temblaron los labios.

—Pe-pero no puedo.

—Sí, sí que puedes, sabes que puedes —siseó la bruja—. Recita el contrahechizo.

A Dalia se le inundaron los ojos de lágrimas al ver que a Morgana empezaba a temblarle el cuerpo. Se le agotaba el tiempo.

Dalia miró el cuerpo de Morgana una vez más, mientras las lágrimas se le derramaban por el rostro, y leyó el contrahechizo que contenía el rollo lo más deprisa que pudo:

Restaura lo que ha sido robado ahora,
lo que estaba perdido a la superficie aflora.
Devuelve el día perdido a su legítimo lugar,
recoloca el pasado donde siempre debió estar.

Un haz de luz plateada la tiró al suelo, el rollo se desintegró en sus manos, y, de repente, todos los que la rodeaban giraban en un tornado enloquecido.

Dalia pasó girando junto a Bosco, que tenía una expresión sombría e incrédula en el rostro. Pasó junto a Emplumado, también junto a Necesaria y Calamidad, Teófilo y Víctor Aveces, y de repente todo se puso negro, negro como la noche.

21

De nuevo ayer

Estaba en el jardín de su cabaña. Había una pequeña aglomeración de gente conocida que serpenteaba rodeando el murete que había fuera.

Dalia parpadeó. ¿Qué había pasado? ¿Por qué estaba allí? ¿Dónde estaban Morgana, Víctor Aveces, Emplumado, Necesaria Gracia?

En mitad de la confusión, oyó a la huesuda Eleuteria Mostaza protestar con un tono que le resultó extrañamente familiar:

—Pues a mí me han dicho que las brujas no deberían cobrar. Se supone que no deberían sacar provecho de sus poderes —dijo.

Dalia se quedó boquiabierta. ¿Aquello no había pasado ya? Notaba el cerebro como papilla cuando intentó comprender qué estaba ocurriendo. Entre la niebla, oyó a Jazmín atacar a Eleuteria:

—¿Y eso quién te lo ha dicho?

Entonces, lenta y dolorosamente, la verdad la golpeó de repente como una puñalada en el vientre. Se dobló por la mitad, jadeando para recobrar aire, y las lágrimas caían por su rostro cuando los recuerdos del día que habían robado cayeron sobre ella.

Aquello era contra lo que se había batido. Lo que en lo más hondo de su corazón había sabido que era cierto.

Cuando levantó la vista, con los ojos resplandecientes vio que todo el mundo vestía de negro y, como procedente del vacío, oyó la reprimenda de Flora Bontón.

—No es buen momento para sacar eso a relucir... Estamos aquí para apoyar a las niñas en este triste día de despedida.

Dalia cerró los ojos y le tembló la barbilla cuando recordó todo lo que había pasado aquel día, el día que Bosco le había robado. El día que les había robado a todos.

El día había comenzado como cualquier otro martes. Se levantó, le dio un toquecito a Teófilo para que dejara de roncar bajo la cama y se puso el vestido color verde estanque, el que se le abombaba de manera irregular en el dobladillo porque lo habían cosido las manos temblorosas de la abuela Flora.

Para desayunar había tomado una rebanada de pan casi rancio con una pizca de mantequilla y de su mermelada favorita. Luego salió a recoger los huevos de las gallinas, entonces fue cuando vio a la abuela Flora sentada fuera, en la silla del jardín. Y así, en un instante, aquel se convirtió en el martes más triste de la corta vida de Dalia.

La larga cabellera verde de la abuela Flora titilaba bajo la luz matutina, y en la silla, junto a ella, reposaba el sombrero morado con la pluma verde vivo. El descolorido chal de retales se le había deslizado por los hombros hasta caer al suelo. Fuera de su alcance yacía también un viejo cuadernillo, en el que había anotado los experimentos con la última poción, y en su rostro se dibujaba una sonrisilla, como si tan solo estuviera descansando un ratito.

Dalia se quedó allí quieta, ahogada en sollozos, mientras aferraba la mano de la anciana y acariciaba aquella adorada mejilla arrugada. Permaneció así una eternidad antes de atreverse a entrar y contarle a su familia lo que había pasado...

A aquello le habían seguido más lágrimas... y la sensación de que nunca jamás volvería a ser feliz. Aquella noche, cuando se acostó, Dalia lloró tanto y tan fuerte que Teófilo le trajo hasta la última cosa que había cometido el error de mencionar alguna vez que le gustaba, y a pesar del mal olor, lo abrazó contra sí, y como estaba tristísima, él se dejó abrazar. Entonces, mientras sollozaba, Dalia deseó con todas sus fuerzas que aquello no hubiera pasado, y de algún modo, aunque no por culpa de su deseo, sino por la de un hechizo que un hermano de Vol por cuyas venas corría magia de nacimiento había *pronunciado muy lejos de allí, aquello que había deseado se había hecho realidad.*

Dalia, al igual que todos los habitantes de Starfell, se había despertado al día siguiente sin recuerdo alguno de lo que había sucedido aquel martes aciago. Lo único que conservaba era la sensación de que algo triste tironeaba de la manga de su mente, como intentando llamar su atención, algo que escapaba de su alcance.

Lo peor era que en un pedacito minúsculo de la mente todos deberían de habérselo imaginado…, porque nadie se había preguntado dónde estaba la abuela Flora. Nadie había pensado en lo raro que era que no la hubieran visto… Todos habían vuelto a sus rutinas como si nada hubiera pasado.

Pero Dalia sí se había dado cuenta. Tenía la sensación de que algo iba mal, de que faltaba algo, y aunque hubiera sido más fácil fingir que no había pasado nada, se percató de que haberlo olvidado había sido muchísimo peor.

Pero ahora parecía que la vida se había reiniciado en el punto en el que se había quedado antes de que lanzaran el encantamiento.

Habían pasado tres días desde que la abuela había fallecido. Ahora Dalia estaba donde debería haberlo estado el día que Morgana fue a buscarla, solo que ahora Morgana no iba a ir a buscarla. El problema era que Dalia recordaba ambas versiones de la semana: aquella en la que el martes había desaparecido y aquella en la que no.

Y justo en el preciso instante en el que Dalia se estaba preguntando si sería la única que recordaba, si sería posible que los amigos que había hecho ni siquiera la recordaran, la silueta de un colosal dragón azul invadió el cielo y aterrizó con un ensordecedor golpetazo al otro lado del murete del jardín, haciendo temblar toda la colina.

A su alrededor, la gente se puso a gritar.

Eleuteria Mostaza se desmayó.

—Emplumado —susurró Dalia.

La madre de Dalia salió corriendo de la casa acompañada de Jazmín y Camelia.

—Que no cunda el pánico, que no cunda el pánico —exclamó la madre. Claramente, el pánico ya había cundido en ella.

Emplumado cerró su gigantesco ojo dorado cuando Dalia le acarició el sedoso morro emplumado.

—En serio, que soy un dragón nuboso... ¿Tan bobos son? —le preguntó a Dalia.

—Bueno, es que sigues siendo un dragón —respondió ella.

—Eso es cierto, joven Dalia.

Camelia contuvo un grito, con los ojos verde esmeralda como platos.

—¡Que sabe cómo te llamas!

Emplumado encogió un ala.

—Pues claro que lo sé. Si he venido a verla precisamente a ella —la regañó.

A la madre de Dalia se le escapó un ruidito raro.

Emplumado lo ignoró.

—Funcionó, lo conseguiste, mira —dijo, señalando al cielo con la cabeza, donde otros dos dragones se aproximaban, uno rojo y enorme y otro pequeñito y de un azul perlado, muy parecido al de su padre.

—¡Hala! —Dalia se sorbió la nariz y se secó una lágrima—. ¡Ha roto el cascarón!

Emplumado asintió.

—Creemos que gracias a ti, y dadas las circunstancias, hemos decidido llamarlo Pondio, por tu abuela. Nos ha parecido un buen nombre.

Las lágrimas que se desbordaban de sus ojos y la barbilla temblorosa impidieron hablar a Dalia.

—Yo..., gracias. Le hubiera hecho mucha ilusión.

Truena, la pareja de Emplumado, aterrizó acompañada de su cría, el dragoncito Pondio, y dijo:

—Emplumado me ha contado lo que hiciste. Gracias.

—No lo hice yo sola. Tuve un montón de ayuda.

Dalia rebuscó en el bolsillo, palpó en su interior y encontró un objeto plano y duro junto con algo duro y afilado, y lo sacó. Era la librújula y el silbato de las troles.

Los apretó con fuerza, aunque los bordes del silbato se le clavaron en la palma. Abrió la librújula. En aquel preciso instante apuntaba a *«Aquí hay dragones».* Y lo cierto era que en el jardín de la casa de Dalia en aquel momento había tres.

Pondio era del tamaño de un sabueso, y retozó, juguetón, contra ella, cuando le acarició la cabeza.

—Hemos visto a Calamidad cuando veníamos volando. Parece que está bien y que la han readmitido en el clan. —Emplumado se aclaró la garganta—. Aunque perdió el combate con Verrusga.

—Vaya... —comentó Dalia, con los ojos como platos. Luego sonrió—. Pues me alegro un montón de que la hayan aceptado, aunque no sea una trol demasiado típica.

A Camelia se le escapó un gritito asustado.

—¿Ayuda? ¿Troles? —preguntó su madre, que aparentemente había recobrado la voz—. ¿De qué están hablando? ¿Cómo los has ayudado?

—Ah, bueno, es una historia muy larga. Igual un día os la cuento —respondió Dalia.

En otro momento, Dalia hubiera disfrutado de la gloria y hubiera querido que su familia supiera lo que había hecho. Hubiera querido que pensaran, aunque solo fuera una vez, que era especial, o importante, pero ahora se daba cuenta de que lo que ellos pensaran daba igual. Lo que importaba era lo que ella pensara de sí misma.

Cuando los dragones se marcharon, Camelia la miró raro.

—Quién iba a pensar que ser un sabueso mágico podía tener sus ventajas... O sea, tienes el peor poder mágico de toda la familia, una vergüenza, en realidad, y, aun así, un dragón...

—¡Camelia! —la regañó con dureza la madre de Dalia.

Dalia negó con la cabeza.

—No, si tiene razón. Yo no puedo explotar cosas ni moverlas con la mente. Lo que yo hago no es impresionante ni espectacular, pero si algo he aprendido sobre los poderes, es que todo el mundo tiene alguno. Y lo importante no es lo grande que sea. Lo más importante es lo que hagas con el poquito que tienes.

Se hizo un silencio asombrado.

—¿Estás bien? —le preguntó Jazmín.

—Sí —respondió Dalia—. O lo estaré. De hecho, he pensado que llevas razón. He decidido que a partir de ahora voy a subir mi tarifa a un flerín y una manzana de los Pradera. Por favor, haz que se corra la voz.

Hubo un grito colectivo contenido. Dalia no había subido su tarifa en la vida.

Jazmín abrió la boca y volvió a cerrarla.

—¿En serio? —le preguntó, sorprendida.

Dalia asintió. Camelia y su madre parecían perplejas. Ni siquiera trató de explicarse. Un flerín tampoco es que fuera una cantidad impresionante. Además, como Morgana bien le había dicho, los asuntos de las brujas, de las brujas son.

—¿Seguro que estás bien? —insistió Jazmín—. Es que..., no pareces tú.

—¿Por qué? —preguntó, mirando más allá de Jazmín en busca de un rostro que no estaba allí mientras la esperanza se desplegaba en su pecho.

Jazmín meneó una mano frente a su rostro.

—Es que hasta ahora nunca te había visto darle a tus poderes el valor que tienen.

—Bueno, pues igual hoy es buen día para empezar —dijo una voz.

Dalia se dio media vuelta. Y allí estaba.

Una bruja solitaria, alta y delgada como un junco

vestida con ropas oscuras y botas moradas de puntera en pico, estaba justo al otro lado de la verja del jardín. Sus ojos negros como el carbón refulgían casi divertidos.

—¿Esa es Morgana Vana? —exclamó Camelia con la cara blanca como una sábana.

Dalia asintió. Desde donde estaba oía el golpeteo de las rodillas de sus hermanas al entrechocar.

Morgana las saludó a todas y luego se llevó a Dalia aparte.

—Siento mucho lo de tu abuela.

—Gracias —dijo Dalia.

—Sabía, cuando te lo pedí, que sería difícil y que tendrías que enfrentarte a ello. Y lo siento, porque eras la única que tenía realmente algo que perder al encontrar el día perdido.

Dalia bajó la vista y contuvo una lágrima.

—Lo sé. Era más fácil no saber, pero, al mismo tiempo, era mucho peor. Así nadie se olvidará de quién fue ni de lo que hizo.

Morgana asintió.

—Sabía que eras diferente.

—Todos piensan que soy un poco rara —reconoció Dalia.

Morgana se encogió de hombros.

—Las mejores personas suelen serlo.

Dalia la miró.

—Pero si yo lo recuerdo todo y Emplumado también y tú igual, ¿por qué los demás no?

—Creo que es porque todos estuvimos en presencia del encantamiento, y por eso recordamos ambas versiones del pasado.

—¿Entonces Calamidad, Víctor Aveces y Necesaria Gracia lo recordarán también?

—Lo harán —coincidió Morgana.

Aquello alivió a Dalia. La sensación que le producía que sus nuevos amigos no fueran a olvidarla era agradable.

—Pero ellos no son los únicos que recordarán —dijo Morgana, y el rostro se le ensombreció de repente.

Dalia frunció el ceño y contuvo un grito.

—Los Hermanos de Vol y Bosco..., ellos también lo harán.

—Sí, ahora conocemos su secreto, y eso no le va a gustar, pero estaremos preparadas por si consigue escapar del alto maestre, por eso he venido a traerte esto.

Dalia frunció el ceño cuando Morgana extrajo una escoba de su nueva capa-portal y la apoyó contra la pared.

Una escoba preciosa y esbelta entre cuyas ramitas había plumas de cola. Susurro.

Entonces la bruja la abrazó y se despidió de ella levantando la mano. ¿O era un símbolo de victoria lo que estaba haciendo?

—Te veré pronto —le dijo.

Y, mientras las hermanas de Dalia permanecían embobadas con la boca abierta, Morgana Vana se montó en su escoba de motores gemelos que cobraron vida con un rugido, se ajustó las gafas de aviadora y salió despedida hacia el cielo, dejando a su paso un rastro de vivas llamas anaranjadas y las

fuertes carcajadas

de

Dalia.

Agradecimientos:

Gracias a mi queridísima Catherine Zamojski, que leyó las primeras versiones de Dalia y sus aventureros amigos y solía pedir más. No sé si hubiera podido continuar sin tus ánimos, sobre todo al principio.

A mi marido, Rui, por la inspiración que me dio para el acento y las boberías de Teófilo, y por ser mi mejor (y más malhumorado) amigo.

A mi fantástica agente, Helen Boyle, que convirtió este sueño en realidad. ¡Gracias por todo lo que haces!

Y gracias a mi fabulosa editora, Harriet Wilson. Has hecho que este proceso sea una maravilla, y he disfrutado de cada paso.

A todo el personal de HarperCollins: Ann-Janine Murtagh, Rachel Denwood, Julia Sanderson, Margot Lohan, David McDougall, Sean Williams, Elorine Grant, Alex Cowan, Yasmin Morrissey, Beth Maher, Geraldine Stroud, Val Braithwaite. Vuestro entusiasmo y vuestra creatividad me han fascinado.

Muchas gracias a mis padres por su amor y su apoyo infinitos. A mis hermanos Simon y Dylan, que aunque hayan servido de inspiración para las inolvidables hermanas de Dalia, a diferencia de ellas siempre me han hecho sentir muy querida y valorada a pesar de ser la rarita de la familia.

Gracias también a Odette, Joao, Didi, Gia, Ava, Claudia, Ben y a todo el clan de los Valente, los Bradley, los Kaplan y los Watson, y los Van Wyk. Os quiero mucho a todos.

Un agradecimiento especial a la abuela Monica, en quien se inspira la abuela Flora (salvo por la locura y el pelo verde, claro). Llegaste a mi vida justo cuando más te necesitaba y, al igual que a Dalia, me hiciste sentir especial a mi manera y avivaste mi eterno amor por los libros.

Por último, gracias a ti, lector, por darle esta oportunidad a Dalia y al mundo de Starfell. Gracias por acompañarme en esta aventura.